吉田未灰全句集

本阿弥書店

著者近影

吉田未灰全句集＊目次

口絵写真　曽根雄司
装幀　海保　透

凡例

○字体表記は一部を除き、原則として新字体を用いた。また、明らかに誤字・誤植と思われる字句は訂正した。

○作品及び序文・跋文に附してあるふりがなは原本通りとした。

○原本にある詞書、注等は句の下に示した。

○仮名遣い、送り仮名は、明らかな誤記を除き、原本に従った。

○第一句集『傾斜』は新仮名遣い、第二句集『半弧』以降は旧仮名遣いである。

吉田未灰全句集

傾《けい》斜《しゃ》

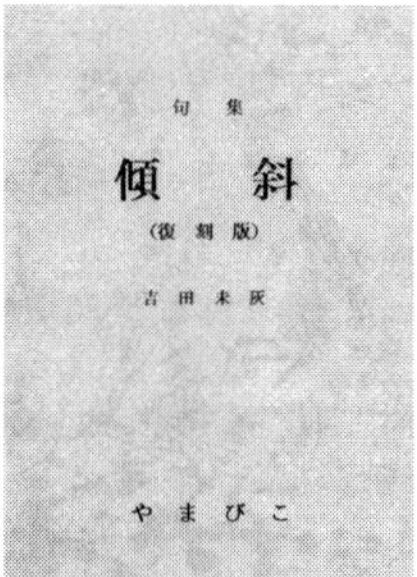

昭和三十一年一月一日
山彦俳句会
B六判　並製　一一二頁
非売品
収録句数　二六六句

まえがき

句集　傾斜を中野君が出し度いと、私の処へ言って来た。私とすれば一生に一度は句集を出し度いと思ってはいたがまだそんな気持はなかったのであるが、現在の私を知る上に、

やまびこ六周年記念を祝す意味から、二十五年以降の作を抄出してみた。

元来は私は句を書きとめておかぬので、散失したものが多くあった。

尚　現在の作品を多く愛するための二十七年以前の作は、今もって忘れ得ぬもののみを抄出して　年代の責めを果たした。

結局、ならべてみて冷汗三斗　恥多き作ばかりのら列に終ったのはまことに非才のなせるものなれど　私としては　その良否は別として生活の詩としての所産である。

幸いにして　此の句集を手にせられた賢明なる諸公の笑覧を得れば望外である。

末　灰　記

昭和三十年十二月八日

窮乏

昭和二十五年

喪章の針《ぴん》春著の胸に深く刺す
木の実独楽人生傾斜して廻る
遠き景冬木失うほかはなし
窮乏や妻子と雁をみて帰る
外套着たれどやはりごつくして貧し
雪解風石工やはり石刻む
除雪夫の眼鏡外せば若き寡婦
冬服に己が体臭《におい》の切なきまで
鰯焼く塵労の掌に鷲掴み

妻子

昭和二十六年

春愁と云う銭に渇え恋に渇え

左右に子を寝せて霜夜の父となる

鉄色に凍てし工区は音ばかり

秋愁の爪剪る爪のや丶かたし

金銭にこだわりおれば寒雷す

春眠と云うも病臥のかなしさよ

風花や恋なぞとおき疲労感

浴衣より貧のあばらを妻子の前

露の露地靴音子らと妻へのもの

偽りて耳朶《じだ》にいつまで虫喧かまし
冬木しずかにわが歳月は妻子とある
ポケットの紙幣もみくちゃ雁みている
退院や天の青さは吸いきれぬ
秋螢摑む不倫の意志断つべし
旱天の亀裂真赤な唐辛子
白日の旅愁コク〳〵牛乳のむ
葱の花むしる手恋を知らない手
駅を出て野の寒日にひかれゆく
母の墓あたらし野分こゝで終る
母の死
野分なか母焼くマッチ青くする

母焼く炎青し野分の夜を焦す

借財ばかり冬木が胸の中に鋭がる

ネクタイだらりと冬川なんのひかりもなし

凍て星がぎっしりビルがくき〱立つ

嬰児抱く耳の中まで濃き夕焼

青リンゴ酸ゆし借財妻子に秘む

冬木遠し身近に妻の愛を信ず

青嶺

昭和二十七年

喪の家のしずかにひとを雪に吐く

露地の奥かくも汚れて冬了る

遠野火やわれに継ぐべき田畑なし
正月の碧天凧をしずかに置く
冬川の石が乾らんでいて疲れる
夕枯野まっすぐに行く疑惑なし
ならび立つ冬木よ過去もかく在りし
起重機が冬を摑んだ音もちくる
寒林のひとつひとつがひかり対う
焚き終えし火夫が青嶺へ貌向ける
回転扉青嶺が距だつ税吏の眼
わがさむき貌にちかづく犬の貌
風花やもののみなひかり失える

貨車の胴に表情はなし雨期迫る

夕虹濃し墓の一基は青田へ向く

日々不安かぼちゃ図太き蔓からます

柿熟る、卑屈なほどに己れ責む

鉄を煮る炉がごん〳〵と冬に抗す

藁塚

昭和二十八年

機関車解体寒気ひし〳〵ひし〳〵と

喪の晴着枯野がすこしあかるくなる

芽吹くなか来し塵労の軀のしびれ

金魚の眼われをみつむる手術以后

火夫春愁火色に染みし胸ボタン

花下に佇ちくらしの疲れどっと湧く

夜のさくら音なく散らす忌中の札

過労の夜牡丹の重さ支えきれず

前灯の圏内麦は夜も青し

積乱雲貨車の一群ひしめき出る

火夫の掌に飛びきて螢ひかり弱し

どくだみの花が工場の裏をかざる

虹真上鉄に汚れし軀を反らす

木の香湯の香山のとんぼの人恐れず

谷川温泉

転轍機青田へ向きて作業了う

火夫たりし手に七夕の色紙折る
手花火もつ子の手支えて子の輪の中
妻子健か充ちたる如く木の実拾う
ずらり機関車野分こ丶より鉄くさし
鉄打つ火八方へ飛び虫黙す
晩秋の陽が溜りいる墓石の裏
大寒や病みて尿量計るかなしさ
木枯の音なくすまで機関車駆る
冬湧く汗火夫投炭の姿勢ひく丶
雪積む機関車雪ごと火夫が投炭す
野の暮秋旅の靴先すでに冷ゆ

巨木病む

正月の楽流れても河暗し

藁塚に農婦の恋の匂いおり

主婦の方言粗し凍てしはポンプの水

冬景に機関車がいてあた丶かし

牛の尾がひらり〳〵と枯野指す

炭殻拾う主婦に汚れし初日さす

初日影犬が駆けだす野の広さ

旅愁

昭和二十九年

運河冬ずしりと積まるドラム缶

馘首闘争むなし二月の貨車汚れ

枯野にて胸を反らせり借り多し
暖房車に他人の妻の肉感嗅ぐ
火を埋めてしずかにくらい夫婦の話
寒灯下診らる丶体うらがえさる
雁の列立木に背あて吾子とみる
火夫たりし手もて痩土に野火放つ
野火どっと燃えて農夫の額照らす
雁帰るのぞけば深きマンホール
芽吹く草乳房しまいて農婦となる
春宵の露地や忌中の文字薄し
啄木忌の午后よ自分の時間欲し

葉ざくらのなか抜けくれば墓くらし

農婦正装野の春光に風呂敷提げ

夕ざくら散るもはたらく指太し

酔えば唄うさくら音頭よ老吏のくせ

新樹濃ゆき墓石の角度みな同じ

機関車のひゞきくるとき蝌蚪乱る

遠くメーデーよいしょ〳〵と杭打ち込む

湧きあがるメーデーなぜかそらぞらしき

蝌蚪わずかに水面に出で、吾れをみる

ち、もは、もおろかに生きしよ蝌蚪すむ町

蝌蚪ごみ〳〵おろかに古りし吾が歳月

四囲暑し生きる素朴さ全身に

方言の粗雑さ主婦に夏はじまる

涼々と青田灼色なる機関車

紫蘇の香のほのと沁みおり旅中の指

炎中の疑心天道虫に飛ばれ

転轍機押せば炎天ぐらりとする

峡のひぐらし一と日の旅愁かぎりなし

川原湯　三句

傷心の躬よひぐらしに鳴かれどおし

山蟻の太き螺旋の尻にくむ

氷水胃の腑へ棒のごとく呑む

さいかち夏行句会　二句

火蛾切に火を恋う我れに恋うものなし

夏めくやシャツよりのぞくはたらく胸
蟬声のすでに秋めく無帽の日
秋愁や掌をこぼれゆく砂かるし
秋の草むら踻めば誰か恋しくなる
中年や草矢とばしてかなしくなる
八月寒き知らない顔の患者ばかり
とかげ疾し午后の安静時間終う
旅にみし初雁妻子へ心はずむ
二百十日無事一合の酒に酔う
詩よ微塵凹みをたる、青瓢
嵯峨蓮太郎居にて詩論
階級の旗振る頭上赤とんぼ

だらりと糸瓜死相のぞかせ人眠る
心素直に一尾の鰯妻とむしる
リンゴ酸し旅后の虫歯削らる、
獣園冬鼻かんでよりさむくなる
枯野抜けきし貌とがらせて妻と対う
罪の意識頭上の鵙に見据えらる
火夫若し月光熱き掌に溢る
蓬髪に秋日溜らせ旅長し
冬帽に冬日貧しさいつもおなじ
葦にある夕光すぐに海へひく
裸灯まばゆきしんしんとして冬夜の坂

年末闘争　二句

漠々と冬の機関区錆色濃し

ピケより怒号白息官憲達も吐く

ピケ解きて腕より抜ける風さぶき

雑然と刈田がさぶき喪の後尾

工夫等の掛声ひびく枯野出ても

古き夫婦の閨語つく〴〵さむきかな

岩間清志君母堂急逝　一句

訃よかくも身近かに落葉降らすなり

枯野にて勤めの臭い振り落とす

冬枯やまだあたゝかき小鳥の胸

蜘蛛は夜も呪縛の糸を吐きつゞける

啄木忌さみしくなりて逆立す

川原湯

遠き冬川無声映画のごと流れ

台風を防ぐまったく馬鹿らしく

西瓜割る労資合同会議経て

水無月の水爽々と田へ引かる

青田へ来て鋳砂ふくめる痰を吐く

鋳物工場の埃灼け飛ぶ青田の上

雨の蝶沼のあかるさ得てひかる

銭にも愛にも見放されて落花生剝く

枯れしものわずかに尖り冬に耐う

乳房

昭和三十年

冬服に沁みる体臭貧極る
湖に降る雪が濡れ色夜もかゞやく
マスクして議論吐かざること易し
雨も冬色かなしきほどに鉄灼くる
山茶花や常に鉄打つ掌の内側
冬雁のとぶをみしよりのど渇く
咳きて貧しき炭鉱節を父と唄う
除夜の閨妻と笑えること久し
聖夜の楽とおしどこかで赤児が泣く
地階より楽洩る聖夜さむくまずし
枯野単調にんげん臭き己が呼吸

クリスマス　二句

凍て星がもつ明るさへ運河の線
冬の噴水まったく生きる力抜け
冬木どれもおなじ高さに昏れてくる
家曳く掛声たちまち北風に押し流さる
薄給や妻にきびしき冬はじまる
悴かんでリアリズム・モダニズム・ダダイズム
葱煮える冬あたゝかき夫婦の鍋
夕日墜る眼前枯木こぶだらけ
私語たちまち白息となり貌を搏つ
グラインダー冬へきびしく鉄粉飛ばす
うつぜんと枯野扁桃腺肥大

冬田へ機関車まったく金属音ばかり

緊る四肢雪中へ太き尿はしらす

牛の歩が冬夜も図太く横切りくる

太きつらゝよ何かに頼らねばならぬ

枯るゝなかきてもえるもの胸ぬちに

友得たる冬夜もぬくき胸の隅

瑞芳君の友情厚きに一句

芽木やわし鉄削りきし指匂う

芽ぶく公園鹿が柵より軀をのり出す

裸木どれも冬色にしてふてぶてし

帰雁みし常に妻子の責め負える

岩肌の没日無色に露わな冬

芽木の囲のあかるさにいて平和欲る
旅愁漠然四万三月の冷気もて
夜や春の旅と云うにはわびしけれ
闇に湧く瀬音よ指先より冷ゆる
啄木忌蟹よ横這うこと止めよ
蜥蜴つと行きすぎてより吾をみる
さくら咲き生きる激しさはぐらかす
春夜も渋川榛名の冷えが吹き溜る
さくら葉となり熱帯魚活気づく
掌の中に春蚊の翅音こそばゆし
苜蓿青くやわらか子と座る

四万温泉（午次郎先生と共に）三句

春昼の火事野次馬となり駆ける
金魚脱糞夜もろん〳〵と飛行音
林檎花期結核病棟一と字なす
遠き青嶺火夫の眼鏡のくもりいし
南風ぬるし鉄積む貨車の間抜けても
スズランの花ゆれ霧が鳴り出だす
怒りとならずや鰊の太き胎くずるも
汗臭や保身の術のわざとらしく
黴臭し妻の乳房の二つとも
夕青田吾児と蹓みて汽車をみる
バラよけて尿る火夫等の成人《おとな》貌

樹下しんと滴るばかり肺しめる

小説は悲恋螢は子に飼われ

人妻の体臭著莪の花白し

瑞芳君の麦刈を手伝う二句

麦車押す一と日雇われ百姓にて

麦刈をみていて五指が脂肪《あぶら》じむ

蟇歩む庭のくらがり常に暗く

雷はしる夜やぽき〳〵と指鳴らす

曼珠沙華湖は不吉なしわたゝむ

自殺記事多しぢり〳〵旱りの蟬

悪疫の家裏曇日の蟬鳴かしめ

孤の胸の疼くや眼前翅虫飛ぶ

夜城君長女出生后旬日を経ず死亡す　一句

初蟬の声ほそくなり心かげる

夕ひぐらし鳴くも平凡に原爆忌

機関車駆る半身常に月に射られ

堕胎して夜を虫声につきまとわる

颱風圏の雀かなしそわが方みる

秋蟬に鳴かれつ妻に襟剃らす

虫音身ほとり肉親あらかた遠さりて

昏れてひぐらし胸の片隅しめりくる

秋風の草むら深きとこ凹む

栗喰むもほろ〱旅の疲れかな

秋愁や石のまるみを手もて撫づ

秋すでに枯る、音もて吹かれおり

菊をみる妻と並べり婚古し

旅にある妻子よ雁の列短かし

ずっしりと露の鶏頭諏訪さむし

上諏訪　二句

木の実なぞかぞえて秋の夜でありし

家に四児あれば

青葡萄奥歯に噛みぬおんな欲し

いちじくの蜜や不倫の胸濡る、

手花火の果つればかなし土しめる

夜の冷えや蛇うちし手のあおじろし

貧いつまで昼のほたるの尻赤し

車輛みる向日葵の炎に照らされつ

茂り出で憂きこと忘る術なしや
緑蔭へ死者仰向けに置かれたり
妻子伴れまつりのなかに他郷めく
喪へ急ぐ一歩々々に虫黙らせ
市民税高し稲妻がきがき折れ
星涼し子を抱く鉄搏ち来し腕
青蜥蜴の冷たきに視られ接吻す
喪家辞して蟬声降れるなか通る
盗み引く田水蛙らに視られいて
風邪久し妻の愛情子より奪う
凧落ちて四辺の寒さどっとくる

べり〳〵剝がす白菜妻の歳月老ゆ

どくだみや祈りに似たる子の睡り

啓蟄の庭のあかるさ一間の責め

間借生活長し

句集「傾斜」を編集して

一人の人間の作品が、時間的に並べられた句集を見るのは、又新しい何ものかが発見されて心たのしいものである。まして、未灰俳句と呼ばれいたる所に愛唱される今日、此処に句集「傾斜」を編む事は、時既に遅しの感さへ感じるのである。人間未灰のあまりに強い人間臭に、読む人をして、又あらためて驚きの眼を見張らさせ、生活俳句と言ふものを、一つの形成されたものとして、読者の一人一人の胸中に焼きつける事と思ふ。まして、数日の後に、昭和三十一年を迎へ、大きく歩みを進める際に、皆様の協力を得て、此の意義ある句集を出版出来る事を感謝しつゝ筆を置く。

昭和三十年十二月二十二日夜

榛名山麓にて　中野夜城

半《はん》弧《こ》

昭和四十四年十月二十日
秋発行所
四六判　函入　一九〇頁
定価六〇〇円
収録句数　五〇〇句

序にかへて

石原八束

吉田未灰の句風を簡潔に言ふとどう言ふことになるのであらうか。野放図で細心なこのリアリストは、例へば、この句集『半弧』に於ても、始めから次のやうな独自な逆説にみちた異色作を、先づ矢継ぎ早に打込んできてゐる。

地虫は尻から子は頭から世に出しや
豆の花その数千の瞳の喝采
言ひ負けて妻を制する拳寒き
汗の眼裏診られ茫々たる夜涼
虫の音姦し腹中にふさぎの虫
かがやく冬芽枯葉はつまり喪の楽譜

抱けばぎしぎし雨のキャベツが話しかける
堕胎しに行く妻と日傘を一つにし
枯色がつつむアパート裏を汽車が走り

むろん、この著者は地虫ではないから、尻から世の中に匐ひ出てきたのではなかつた。私がこの著者と出会つたのは、この句集の六七頁に石原八束とは「機労座談会以来なる」といふ詞書があつて、

ぬくい握手で久闊虫も来て鳴けよ

といふ句の出てくる昭和三十五年の、更に数年前、右にも言ふ国鉄機労の機関誌「機労文化」の座談会にこの著者と同席した時であつた。この『半弧』は昭和三十一年からはじまる吉田の第二句集だが、それは、この句集のはじまる時期ではなかつたかと思ふ。その座談会は、国鉄機労内部の主な詩歌人が数人、外部から赤城さかえと私が出て、働くものの文学や或は職場での詩歌俳諧について語りあつたものであつた。吉田はこのとき機労俳壇の指導的な立場に既にあつて、一方では「やまびこ」を主宰して六七年にはなるといふ頃

であつた。いはば彼は頭から世に出てゐたのであつた。さう、彼の出発は早く、さうして右にも挙げたやうな、俳句の類型を嫌つた大胆卒直な発想をもつて、早くから独特なリアリズム俳句を書きあげてゐたのである。そのリアリズム俳句について、私は右の昭和三十五年に吉田と久闊のぬくい握手をした「やまびこ十周年」記念会の席上、「凧と女と現代と」といふ、いはば社会性俳句の発祥発端にかかはる話をし、併せ吉田のリアリズム俳句、社会性俳句についても触れ及んだのであつた。ともかく、右に挙げたこの著者吉田の秀品中でも、

豆の花その数千の瞳の喝采
汗の眼裏診られ茫々たる夜涼
虫の音姦し腹中にふさぎの虫
かがやく冬芽枯葉はつまり喪の楽譜

などは、この異色な著者の別しての代表作と言つていいだらう。同じ時期にこの著者は次のやうな力作をも残してゐるから、それを次に引かう。

月夜の冬木わが影のみが生きる証し
火事に走す誰彼の名を誦じをり
枯木の手が八方にあり息づまる
機関車に潜る白息交しつつ
稲架に月酔語の語尾は己れに言ふ
さくら花季手を洗はさる保育児ら
白息こもごも風邪の機関士機関助士
竹落葉わが手をいつも倖せ逃げ
刈田風さぶし夜勤へ首さげて
風邪妻を叱るは弱気はげますため
点検ランプへ秋蛾灼かれに近づきしよ
葱掘るやしんしん吹雪く遠嶺どち
相搏つ青嶺はたらくほどに税かさみ
天の川禱るといふ語絶えて久し

作は、一読胸奥にせまる直截なリアリズムが特徴であつて、ただ一途に自らの生活と人生をみつめようとするひたむきな熱意の底には、いかにもこの俳人らしい反語逆説の気息が細心にこめられてゐるではないか。このひたむきな熱意とその半面の反語逆説とは、実はある野望に燃えながら半面甚だ無欲のさつぱりしたこの著者の人柄とも無縁ではない。この句集には採らなかつたけれども、著者には別に昭和三十八年度に於て、

冬川のかがやくにわが野望失す

の作がある。が、野望が消えたのではない。著者は始めから不相応な野望は抱いてもゐないのだ。或は、——誰しも野望があるのは当然だが、その半面の彼には、人に気づかれない謙譲があるのだと言つた方が当つてゐるかもしれない。彼れの句には、だから、このきびしい現実追求の熱意にもえる半面、意外にノンシヤランとした俳諧が、或は野放図な反語が含まれてゐるのを見逃してはなるまい。この句集『半弧』の特徴も、つまり、以上右にみてきたやうな吉田の半面の細心と半面の野放図、或は半面の野望と半面の謙譲、または半面の楽天と半面の悲傷が、彼の苦しい実生活を通してしだいに強くからみあつてゆくその感慨の見事さにあるのではあるまいか。その感慨にこめられた吉田俳句の反語と諧謔、

逆説と皮肉、あるひは俳諧と真実とは、今日この俳句界に於て、全く類のない独自な俳句を形成してゐると言つていい。

昭和三十二年、この著者は、主宰する「やまびこ」の同人で、将来を嘱望されてゐた須田優子の死にあつてゐるが、このとき、

訃に駆けて鼓動わがきく虫の闇
訃を己がものとなすとき秋冷えし
がくぜんと野分に吹かる虹の半弧
秋の虹半弧確かに業火燃ゆ

といつた絶唱をこの著者吉田未灰は残してゐる。「半弧」といふ句集の題名は、むろん、この句から採つて私がつけたものである。が、しかし、右にも言ふ半面のみをおして、決して全面の欲ばつた野望をおし進めないこの吉田の人と作品をも何がしかは寓意したつもりである。この節度をもつがゆゑに、著者の句は重苦しいリアリズムのみに終らず、むしろその野ボなリアリズムの中に、またとなく面白い俳諧の風韻をかなでてゐるのではあるまいか。

尚、前掲諸作のうち、

葱掘るやしんしん吹雪く遠嶺どち

については、私にはすでに拙著「現代俳句の幻想者たち」の中に次の鑑賞文がある。少し長いけれどもここにひいて、一時代前の筆者の考へを繰り返しておきたい。

遠い連山の中腹より上に乱れ雲がかかつて、今日も嶺々のしんしんと吹雪いてゐるのが、無韻の上空をとほしてひしひしと感ぜられる。それを身に感じ乍ら作者は寒々しく冷い葱を抱くやうにして掘つてゐるのである。「葱しろく洗ひたてたる寒さかな」と同じやうな寒々しさが、孤独な作者の体内にまで感ぜられる。しんしんはだから無韻の彼方の嶺に吹雪くさまを言ふのみではあるまい。作者の胸中のしんしんたる孤独をも暗示するのだ。遠嶺どちと親しげに作者が呼ぶのも、またこの淋しい心象と無縁ではあるまい。さうしてその淋しい心象は同じ作者の次のやうな句にもやはりそれがあるではないか。

一少女林間にあり冬田越す

星も寒げいつも誰かにおくれゆく

口中に魚臭寒さうに葬花ならび

作者の吉田末灰は「やまびこ」を十余年主宰する地方の作家だが、素朴な感受性をもつて職場国鉄の労務作業や勤労風景をリアルに描き続け、一途でうまない。上掲の四作はその意味では必ずしも右の職場俳句ではないが、むしろこの柔軟な叙法を新たに身につけようとする吉田の新方向の作であることが興味深い。

次に、この句集で注目すべきは、著者の職場国鉄に於ける生活職場風景、列車事故やストライキなど様々な事件を連作風に活写し詠ひあげたものである。その一つ、昭和三十八年度の作をまたここに引いてみよう。

十二月十四日、早暁を期し動力車労組関東地評は、田端機関区に於て三時間ストライキ突入の態勢をしく。即ち十二日夜半より動員を受けピケに参加す。

白息互みに対峙ストへの姿勢なる
寒さ吹き飛べあごひもへ付く霜の結晶
霜降る鉄路跨ぐ瞬時も歌消さぬ
組む腕確かめピケ前進の構内寒む
冷える靴底踏みしめ踏みしむピケ前列
昂む全身引き締むりりと白鉢巻
防寒帽に眼のみのぞかせピケ隊増ゆ

さすがに実感と迫力のこもつた力作である。さうして、この著者の意外に細心な写実力に眼をみはらないではゐられまい。同じやうな力作は、三十六年の「職場にて」にも、三十七年の「機関車転覆」にもこれを見るだらう。かうした力強い写実作品をもつて、働くものの実態を活写して示した句業は他にさう多くはない。この意味でも句集『半弧』は注目すべき句業であると言つていい。著者は後記でも言ふやうに、この『半弧』の十余年は職場の闘争と夫人の死とを軸として苦闘を続けた、いはば波瀾にみちた境涯であることを述べてゐる。その波瀾の境涯をこの著者は多少の愚痴はのべながらも真直ぐに生ききつてこの句業を成したのである。甚だ男らしい句業といふべきではあるまいか。最後になほ引き残したこの人の秀品代表作の幾つかを挙げ、著者の加餐を祈つておきたい。

ちちちちと落葉ははははと枯葉
枯れ無縫愛あれば濡るマスクの裏
四月噫々妻の忌虚子忌啄木忌
芽吹くもの眼搏つ終生火の虜
冬木列なし吾が行くかぎり修羅が待つ
冬木傾ぐは思考に似たり死に似たり
妻抱いて躬の証したつ雁の夜
鈴なりの鰯干乾び漁婦眠る

（昭和四十四年一月記）

昭和三十一年

月夜の冬木わが影のみが生きる証し
冬木短し暗き方より河流る
八ツ手花季鉄臭き掌よ荒き世よ
山茶花や寒き語をもて子をなじる
「ジングルベル」霜夜おろかに父子あはす
売出し見るだけ暮れの木椅子に子と掛ける
襟巻の狐の義眼師走尽く
屍を埋めて寒土わづかに盛りあがる
除夜咳きて五勺の酒を飲み余す

坂寒き足下に海が盛りあがる
雪のコンロ火噴くあらかた世帯もち
冬鵙に鳴かれき今は泣かずなりぬ
喉仏ぐこぐここ冬の滝みては
咳き咳きてまこと素顔のあはれなる
冬椿咲けり父母在り孝なさず
河に飛ぶ火事の火屑のなまぐさき
火事に走す誰彼の名を誦じをり
銭得たり妻子身近に音なき冬
啓蟄のひかりあるもの掌にのする
葱苗の針ピンピンと雪嶺下

草城死す冬青々とキャベツ巻く
さくら芽吹くに長男中学生服着古る
花冷ゆる夜よ尿近き胎み妻
地虫は尻から子は頭から世に出しや
地虫出てまづ見よ貧のわがくらし
豆の花その数千の瞳の喝采
通夜の座の奥は蛙田蛙鳴く
梅雨や屍の戒名銭をもて買へる
虹汚すにあらず工炉は常炎噴く
青蛇の草色犯す不逞なり
夏霧の無縫やわれも樹の一つ

炎天の火事や手中の乾きをり

波も風も白く燃えゐる鯨波

松籟の底に墓ありきらめく海

蜥蜴尾を海にのぞかす歯を磨く

風鈴や夫婦の間《あひ》に子の微温

秋暑し戦後吾に馴る蹋みぐせ

冬蛇のうろこ鳴るなり風の中

昭和三十二年

枯木の手が八方にあり息づまる

寒夜鉄搏つ肉の全量奔しらせ

酔へば多弁に冬木の黒さ密集す
黒い怒濤と寒月少女のふくらはぎ
掛大根寒し冬木は風形に
言ひ負けて妻を制する拳寒き
遠景の冬木寞たり思考失す
枯れ音の躬を踊むとき躬をつゝむ
雪虫やかの墓裏は日毎ぬくし
藁塚に寄る母に抱かれし記憶もて
餅かびの黄や茫々と富むごとし
遠雪嶺ポクポク鳴るは子の雪沓
鉄屑置場の雪や無惨に風邪の眼射る

機関車に潜る白息交しつつ

鉄も冬色鍛造工場裏さむし

柚子黄なり借着仲人おろおろと

不二雪君の結婚の媒酌人として

入学近き子がマンガ読む吾れも読む

濯ぐ太腰遠嶺雪置く川辺りに

涸水甚しく洗濯用の水窮す、妻ら近くの利根川に濯ぐ

海苔焼くや中年にして責め多き

蝌蚪の楽幼時も愛に飢ゑてゐし

春愁や五指に余れる謀りごと

雑木芽吹くは叱咤に似たり歩き疲る

大日向療養所に矢口公夫君らを訪ふ

野火跡の臭ふはかなし術後の胸

井戸掘夫顔突き出せりさくら散る

青麦の青殺到すメーデー近き
青張る嶺々メーデーへ行く車中混む
未来われらに振る旗組む腕五月燃えき
メーデー以後も胸に歌充つ奔る水
五月火夫歯のみ涼しく機関車に
風に無帽墓地の遠景青く眩し
半身の日焼妻子へ夜毎曝す
予後の桂郎青嶺みしのち生き生きす
炎天を行く雑念を頭に充たし
頭に溜まる詩の一とかけら燃えひまはり
汗の眼裏診られ茫々たる夜涼

川原湯へ石川桂郎氏と同行

田草取りし妻や腋まで田水臭し
影もはだか貨車押す声を地に吸はし
葬列の後尾に談笑青田育つ
脳天へ炎日の刃の真空斬り
灯を恋ふは蛾族にあらね旅無縫
峡の闇から死を負うて来る蛾族らよ
夜や秋の産み疲れ女と混浴す
草の実の飛ぶ切実に生き得しや
秋光裡裸が担ぐ鉄冴ゆや
重労働夜も蓬髪に暑を溜めて
思想失せがち秋湖は夜の力溜む

火室出てこの秋晴の空気うまし

子等と手つなぎ流灯へ眼をおくりおくる

曇日の鵙の不敵さ公休税吏

虫の音姦し腹中にふさぎの虫

訃に駆けて鼓動わがきく虫の闇

同人須田優子を悼む

訃を己がものとなすとき秋冷えし

薄き屍の乳房の辺のみ隆く清し

がくぜんと野分に吹かる虹の半弧

秋の虹半弧確かに業火燃ゆ

重しとや君の宿痾やへちま枯る

絶句に「誕生もち重し」の未完の作あり

昭和三十三年

火ぼてりの貌を冬嶺へ機関助士
白息こもごも風邪の機関士機関助士
冬木が占む風の領域賞与受く
串もつ七本年末手当得し安らぎ
枯木太幹機関車が吐く火の粉と星
炎となりて鉄の高温黒い雪
枯木なかおどおどとして学歴なし
夜の濡れや己れの呼吸に己れ濡れ
冬木四五本ならびて光りぬ倉庫地区

寒木の一樹一樹に炎えるひかり

外套の重さ意識す会へば足る　花扇君　一句

朝は芽吹きの音ぴちぴちと少女駆く

かたき潮風山国育ちには沁むや　長男就職　二句

春潮に投ぐ石の距離父子別る

夜ざくらみて夫婦みじめになりしかな

自負するは愚か毛虫の翔ぶ日いつ

やすけき死あるや緑中に軀を屈し

麦刈るを鏡中に入れ髯を剃る

みみず乾くやずきんずきんと拇指の傷

炎天の手鏡胸に策謀なし

不義理八方幾万の虫鳴きひそみ

うすつぺらな同情強ひる青芒

樹林ひくし霧湧けばどこも海みたい

霧の濡れ軀をあたたかい瞳に集中さる

福島を訪ふ。それより飯坂行瑞芳、まもる二君と同道

摺上川の秋景へ撮る一痩身

碧落に忌日の落葉研ぎ澄める

優子さんの一周忌

月の芒へ雑念ばかり俗事ばかり

銀河太し養子と云ふ名断ち難し

枯れ急ぐ四辺妻子も造り笑ひ

昭和三十四年

鉄工員の帰路をはやすや月の鵙
稲架に月酔語の語尾は已れに言ふ
黄落や墓群の貧富黒づくめ
秋風にふところ吹かれ医者に会ふ
同病同室炭火頒けつつ笑じをり
子と寝て寒き娘を看とりゐる妻寒きや
過労のしびれ見えぬ冬木が風を鳴らす
寒き喉奥妻子に見せて笑ふなり
寒林のもつあたたかさ妻子居て
かがやく冬芽枯葉はつまり喪の楽譜
さくら花季手を洗はさる保育児ら

抱けばぎしぎし雨のキャベツが話しかける

就職せる長男より幼い弟妹に笛とハーモニカを送つてくる

小包解く長子の遠い掌の匂ひ

竹落葉わが手をいつも倖せ逃げ

雨の青田へ汽車の灯が散る長子帰省

神無きや炎暑の胸毛風にさらし

ひまはりの黄の燃え僕に涸渇の詩

喪の綺羅が見えて炎天きびしすぎる

絶倫や断たれて炎える一氷塊

堕胎しに行く妻と日傘を一つにし

榎本冬一郎氏と吾妻渓谷を歩く

深く深く落葉が眠るべく渓へ

雁鳴くや工区夜の部へ汽笛吹く

刈田風さぶし夜勤へ首さげて

枯色がつつむアパート裏を汽車が走り

昭和三十五年

廻転木馬のレコードかすれ十二月

鳶寒し地にドラム缶積み居れば

藁塚どれもぬくいかたちに故郷過ぐ

はたらいた指のふとさよ除夜普し

寒きびし衆の怒りの条約成る

淡い冬虹奇妙人の訃ばかりなり

夜勤の研ぎ汁白く泡だち霜降るか

雪降る遠嶺コンロの火口のみ赤く
三日はや夜勤へ弁当ふたつ提げ
側線倉庫へ枯れの雪風油槽《タンク》車着く
喪章の胸へ飛雪ささやく一語きびし
風邪妻を叱るは弱気はげますため
温泉が鉄色冬木はどれも親しくて

伊香保の藤井竹乃さんのご案内にて

つらら滴《しづ》くが胸の急所を左右せる
芽吹く濡れ夜の噴水が囃たつ
踏んで確かむ動車の汽笛凍みる蹠
からたちの若芽や昼の楽ねむし
から松若芽ぐいぐい弾みくる胸よ

伊香保支部結成

汐錆びウインチ波濤五月の音生みをり　久能山・日本平・浜名湖に遊ぶ

詩を欲るも頭上の鳶に嘲笑さる

雑音脚下若葉に透けてひとのくらし　浜松城

雨の港が眠って汽船の胴より覚む　清水港

雨のわさび田佇てば肺奥しびれくる　久能山附近

石にぬくもりいちご頭ならべ恥らふや

土器買へば古代の人語ぬくみくる　登呂遺跡

少女の素足汐にひらひら透けるべし　羽衣の松

牡丹見し夜や鍋釜の底ひかる

疲れ来て金雀枝の黄にあぐらかく

革命前夜たらむじとじととなめくじり　六・四ゼネスト決行さる

青い奈落へ玩具のようにバスが着く

浄土平

熔岩の赫肌噴く白煙が灼け色に

一切経にはいま尚硫化水素噴出せり

身丈に虎杖琥珀たばしる湯の硫礦

玉子湯

くらやみへくらやみへ蟇遠いデモ

緑蔭に来て塵労の胸裸輝る

大夕焼電工尻より降りてきし

虹消えて機関車鉄の色に据わる

土用丑の日熟れたトマトが鍋に沈む

夏瘦の乳房や夜は合はせ寝る

雷雨後の閨事や古りし夫婦鮮し

首相交替野溜めが発す暑い臭気

すり減る身銭虫声ばかり溜りゐる

秋暑し歯ばかり白き庫内手たち

点検ランプへ秋蛾灼かれに近づきしよ

ぬくい握手で久濶虫も来て鳴けよ
石原八束氏とは機労座談会以来なる

肺に新薬秋山削るブルトーザー
再び大日向荘へ

林檎樹下に躬を踞め入る病者らと

呆けコスモス冷たい色のみみずたち

濁る秋空かなしみの眼に怒りの眼に
浅沼稲次郎氏暴漢に殺さる

優子忌の星が水色双手冷ゆ
十月十六日は須田優子の忌日

埴南忌の秋刀魚じゅぶじゅぶいぶし焼く
高橋埴南忌を修して

荒嶺吹く風やいづくも冬ごもり

昭和三十六年

雑木林出て雪虫に顔圧さる

枯萱原うつぜんと照り吹雪く白根

霜柱寸余風雪躬を渦巻き

萱叢を越すや茫々と従く雪虫

雑木落葉に搏たれて湧かぬ詩を五指に

墓も冬句碑さむざむと孤立せり

練馬・円明院に姑洗子句碑建立

凍星や風に舌だす妻のかまど

冬墓にみられ蓬髪の一詩人

すきま風ばかりふた間に妻子臥て

高崎跨線橋にて水郷子
さんに会ふ

外套重さう眼鏡の奥にぬくい視線

不眠構内駆けるも跳ぶも凍《し》ばれる耳

突放貨車へ躬ごとぶち乗り凍る蹠

昇給へ夜勤詰所の寒い不満

凍る構内雪嶺は夜を目覚めゐる

冬鵙の樹の間隙よ含羞よ

燃える夕焼雪嶺の奥へ吃る鴉

酔眼の冬木密集することなし

動労半日スト決行

スト成るか霜の構内の黒い雀

胸に熱い血凍る掲示に無数の眼

しびれ五体に夜明けの星の痛い歓喜

眼で追ふ数字へ遠嶺囁くごと輝るも

をんな居て蛇の疾走なまぐさし

蛇つかみきし手のほてり沼に刺す

風を抜け雲雀の飛翔宙に浮く

耕馬入り暁けの水田に修羅起こす

群蜂北陸支部大会出席のため福井市へ

魚割くや男坐りに漁婦跼む

夏蝶が焦点保線夫に歩く業

保線夫に帰路の鉄橋夕かなかな

憤懣を吐く術はなし川炎える

かなかなにかなかなの恋山の裏手

みんみんや午後は彩増す湯檜曾川

旅へ一歩青嶺へ向けて痩軀張る
台風予報へ全身が耳釘打ち打つ
貧爽やか胸中に星棲ましめよ
天の川妻と手つなぐ詩が欲し
枯れ前に菜園よ死のひかり降るな
ソ連五十メガトン核爆発実験
両腋に妻子の重み虫冷ゆる
野の秋の地の慟哭と思ふべし
現代俳句協会員推薦うく

昭和三十七年

火鉄摑んで寒い起重機声発す
冬木直立喪章の腕は振らず歩く

屑鉄に風花がつき仕事納め

雪虫が貌搏つ絶望感なきや

冬厚き雲や無人の踏切小屋

荒嶺吹雪く索寞と死を奏でるごと

谷川岳

葱掘るやしんしん吹雪く遠嶺どち

一少女林間にあり冬田越す

星も寒げいつも誰かにおくれゆく

口中に魚臭寒さうに葬花ならび

凍みくるや心にいつも故郷の河

吊らる機関車雪嶺の偉へ胴さらし

二月三日長の原線三十一粁附近にてC11型・C58型機関車二輌脱線転覆せり

互みに凍てて声がはげまし保線夫たち

焚火の火勢に黒いかたまり働く群れ

母子の咳夜へせんせんと乾く冬

愚夫われに春夜冷えくる妻の手真似

妻咽喉の手術をなし発
声さだかならねば

疲れた起重機おそいさくらが喝采す

陽炎に鼻灼かれ来て妻を抱く

あんたんとあんたんと夜を梅が散る

貨車さばく脊に春嶺をはりつけて

から松の青芽殺到肺ひらく

五月熱し火臭にむせて火の虜

青葉世界非行少女に風しびれ

青霧ふ林中犯し行く吾れか

相搏つ青嶺はたらくほどに税かさみ

清冽な声々放ち青やまびこ

瑞芳君現代俳句協会員
に当選

青田満ち星満ち母系のまるき瞳よ

花扇・不二雪の二君相
ついで女児を得る

墓掘りが来て炎天が穴だらけ

青田左右子をほいほいとあやしゆく

貨車吐いて暑の貨物船ちから抜く

青森港

原爆忌妻子に詫びること多し

秋やいづくも樹々ゆる風を配りをり

天の川禱るといふ語絶えて久し

蓬髪に湖冷え無惨に歩きをり

湖は秋の独白をもて犯しゆく

芒野の暮色やひかるものの臟し
くらき海底見ずや群れなす帰燕たち
無帽が誇り胸張つて行く神無月
凍て夜へ烽火機関車点火に走る若さ

昭和三十八年

枯木の乱舞へ崖の断層煮つめらる
白息互みに対峙ストへの姿勢なる
寒さ吹き飛べあごひもへ付く霜の結晶
十二・十四動力車労組、田端機関区においてスト突入
霜降る鉄路跨ぐ瞬時も歌消さぬ
組む腕確かめピケ前進の構内寒む

冷える靴底踏みしめ踏みしむピケ前列
昂む全身引き締むりりと白鉢巻
防寒帽に眼のみのぞかせピケ隊増ゆ
雪へ踏む一歩や汚れたる一歩
眼にくらむ降雪や炉の奥白み
雪嶺に向く嬉しさをかくし得ず
つづく桑畑寿ぎごとに行く道ぬくし
枯れ樹々に機関車の煤輝り二月終ゆ
風邪声の点呼雪嶺を玻璃に置き
神示ありや結氷音へ生きもの翔つ
もの寂ぶや枯れゆくものに躬を容るる

二月十日長子結婚

喪服潔し芽吹く墓域の肉親ら

ひとの喪に従ひ雪嶺の偉に憑かる

ひとの死の微意や喪章をもて示す

芽吹く樹々寸鉄を裂く詩の一語

原子公平氏と伊香保に語る

葉ざくらや一荷の俳書財となし

五月二日、住みなれた渋川を離る

離りても離りても五月榛名澄む

メーデー不参の火色に憑かれ火がいのち

「俳句」続現代俳句の百人作品

花桐に頭をたたかるも神参り

迦葉山

新樹密に夜もるんるんと製粉所

群衆の息充つ闇や鵜飼待つ

鵜篝の川面燃やして近づくなり

鵜匠より篝火のなほ酷ならむ

鵜篝の消えて鵜鳴きの闇深し

緑蔭へ情事のあとのごと入る

ひまはりのごとき童顔向け来るよ

新峯老郵便受作りて来る

朝蟬やをんな髪解く湯靄越し

塩原

炎天の一些事として葬りの鐘

蚊の声や妻のはだかは幾度見き

炎天へ少女の涙声とならず

中島道雄氏長女16才にて逝く。クラスの女高生等霊前に弔辞を捧ぐ

九月ああ忌日いくつか増えしかな

枯れぶだう風あれば鳴り花扇留守

秋曇り君等に天のどこか晴る

松川事件無罪発表

白萩や歩行の義肢に坂なす廊

上諏訪国鉄療養所に両下肢失ひし友を見舞ふ

崖上に慈愛剛気の滝搏ち枯れ

来し方も行く方も修羅無帽の冬

痩身へ凍土しゅんしゅん斬らるるや

昭和三十九年

喪への道ながし田ごとに藁塚いくつ

川原不二雪君の父母あひついで逝く

死や潔し遠嶺と雲と枯れへ照る

片頰に火事の炎明り受けて馳す

ちちちちと落葉ははははと枯葉

元朝の荒嶺や吹かる風の郷

緋裏かなしも松過ぎは妻抱かぬなり

雪嶺や村あればある墓地貧し

降雪に貌うたしきてくぼむ目鼻

遠い雪嶺も躬めぐりも雪炎ゆる詩片

船着けて枯葦ならす利根の漁夫

降雪裡鉄の重みの機関車引く

雪中の焚火豪華に事故現場

三月七日夜半、軽井沢構内にてＥＦ62型電気機関車全輌脱線、非常呼集をうけ現地へ急行、降雪30センチの中復旧作業に従ふ

声が白息保線夫縦隊に鉄路正す

君の屍へおそき芽吹きの奏でしか

矢口公夫さんの訃報受く

幾嶺覚むも彼の樹々鳴るも公夫ゐない

虫穴を出づるに似たり激ついかり

いのちとくらしを守る会参加

つつじ血の色水あれば水空の色

疾風して万の芽吹きを愛撫すや

身中に棲む悪を聴け蛙らよ

から松の若芽がすてき竹乃好き

竹乃句集刊行

詩に遠きペンや汗ばむばかりなり

組合書記長退任

五月爽やか火にむせつなほ火守る業

ふところに詩片河鹿にくすぐられ

暗い海鳴り漁火はいつも吾に向ふ

浜名湖畔に摩周子君を訪ふ

炎天へ一歩霹靂のごと眼くらむ

露りんりん痩身へ悪詰めて佇つ

青巒に羅漢午次郎と会す

朔太郎の猫らんらんらんと月の屋根

銭借りに行く花萩に触られつつ

夜は山と積まる葱束みつつ酔ふ

病む妻も見るや涼々たる銀河

妻肝硬変より腹膜併発入院

妻へ急く野に翔つものらひかり曳き

秋叢へをんなしづめりあとはみず

秋嶺あきらか彼の高声はもう聞かれぬ

前田新峯逝く

もう泣かないで秋嶺に星が出てるから

新峯さん末娘、久美子さんに

落葉積らせ墓域しづもるばかりなり

錦峯道林信士の戒名ありて

落葉して庭木さみしくなりにけり

病妻、四十日ぶりに退院

枯れ木々に妻のもの干すすこし艶

葱むくに躬を折り曲げて病後妻

昭和四十年

枯れ無縫愛あれば濡るマスクの裏
颪に哭き葱棒立ちに昏るるなり
遠い肉親病めば何処よりも鼻寒し
貧乏の底突き破り初日出づ
妻看とり己れ寒ければ灯も寒げ
寒夕焼妻に血の色濃き肉購ふ
遠嶺吹雪くかスト指令読む眼が震ふ
スト指揮すマスクの内の唇締めて

動力車労組二月闘争参加

病妻へ購ふ春野菜勤め帰り
病妻寧からず

風痕や芽吹きいづこもおそからむ

春愁の脊で押せばすぐ開くドアー
妻再入院

春夜看とりて氷塊唇うつしに与ふ
四月九日払暁逝く

己をなぐるもの死の前の妻唇ひらく

しづかに息止む四月九日白らみ初む

疾風や芽となるものら輝りきらふ

妻の面輪のものいふごとし芽吹く夜

花に埋もりて妻の死化粧かく冴えよ

妻焼く煙り花どきの空濁すべし

さくら四分咲きまだ熱い妻の骨壺抱く

葉ざくらのどこかに声す妻の死後

四月噫々妻の忌虚子忌啄木忌

無韻のみどり妻失ひし身をなじる

梅雨季近し刃の裏側にひそむ濡れ

メーデーの疲れ溜め来て子らへ解く

螢とぶ妻在りし夜のごとくとぶ

喪失の日々をこれ独人抄として

蛙田へ出て欲情をさだかにす

棕梠咲いてかつ人の喪のつづくかな

夕づきて杉のしづかさ無限なり

泪眼に青嶺はぢらふ妻の死後

花菖蒲横ずわりして女たち

梅雨あがり血となるものを焼き喰らふ

若さ充つや夜涼といへる田のほとり

吾に向いてひまはりの笑み今日よりぞ

水蜜桃すする過失の腕濡らし

百合一花じんじん夜が沈滞する

はるかに青嶺さらさらゆるるくびかざり

身丈越す蕗ばさばさと剪り放つ　秋田

基地拒否せし部落灼かれて黙しをり　恩賀部落

欲望にしびれ降り積む心の雪

遠い手拍子狐の貌で旅愁とゐる

銀河圏内胸に湧きつぐものの捕ふ

日韓批准阻止国会デモ

敵意あらはに対峙のポリ等眼がさむげ

デモ熱気はらむ風は即ち民の怒り

コスモスや愛語はせつに風が消す

冬木らの触角が鋭き政治不信

凍て星のひとつひとつに名を冠す

歯に沁む煮こごり日韓批准されてしまふ

冬夜へ滾るコーヒーポットの呟く嘘

昭和四十一年

枯れ平等悲喜こもごもに棲める嘘

掌にのするほどの遠嶺よ葱育つ

己れより出て躬にまとふ寒の息

ぽつんと冬木ぽつんと冬田神棲むや

連らなる冬木消されぬために生きるかな

にぎにぎ巧みに嬰児しわだらけのくしやみ

遠い雪雲傷つき易き吾に翳る　　水戸

梅に佇ち湖に佇ち筑波嵐浴ぶ

鈴なりの鰯干乾び漁婦眠る

喪酒の酔ほのと枯木に支へらる

翔ぶもののひかりと化して芽吹く木々

芽吹くものの眼搏つ終生火の虜

妻の墓域芽吹く俺にも前途はある

鉄砲百合のつつさき吾れに向きゐるや

梅雨じむや自己偽りて在るばかり

新樹らに囁きあるや声あるや

再婚近し　三句

葱の花生きるといふはくり返し

芽吹く木木干されてきらふをんな物

沖ゆ来し蛾よ濡れ色に妻の髪

旅愁すこし海へ逆落つ鷹の野性

那智滝の青びつしりと透かすなり

手鏡に滝いれて妻化粧せる

再生の躬や消すみどり映えるみどり

灼ける砂丘へ日本海の荒怒濤

鳥取砂丘周辺

風紋のときに縞なす砂のくらし
風紋の数千の波妻子憶ふ
行手あらぬは炎天の蝶戦さあるか
暑に呆けてひまはりの黄の失せしかな
水も灼くるや忌のひろしまの名無川
稲の花賃借すこしづつ減りぬ
恥ぢらふに似て花芒ゆるるばかり
蕗枯れてなほ身の丈を余りけり
灯にゆらぐ海港船腹に貨車詰まり　青森港
ライオン寒げカメラ向けるに尻向ける　多摩自然動物園
楠大樹秋天に鳴り読経始む　水郷子を悼む

冬木列なし吾が行くかぎり修羅が待つ
冬嶺あきらか炎の只中に火の要
枯れ無限ほういほういと犬に従く
鉄打ちて寒林を来し躬を覚ます

昭和四十二年

葱の青冬空の青かるい財布
枯れ八方あの灯この灯にぬくみあり
冬厨妻在ればある妻の唄
さかしまに沼の冬木の大あくび
除雪夫の高声雪のしめり帯び

冬木群琥珀に澄めり雪なき日

椋鳥群れて痩木一本哄笑す

怒り湧くや雪の重みに木々耐へて

停職発令職場を離る

夜も芽吹く木々の喚声躬を犯す

ものの芽の喝采視力おとろへし

紫木蓮曇り日の瞳の少女たち

牡丹咲けり私生児の名を負うて生き

歯朶群らの青なだれ落つ雷の中

草叢へめをと螢火妻の手ひく

螢火の指よりこぼる生身熱し

梅雨つけて蓬髪吾れに借りかさむ

夜濯ぎの妻爽やかに尻ふれり
蹻みぐせの片蔭出づることをせず
青芒風あればゆる死は一度
灼ける海一流木は吾がいのち
潮騒へ夾竹桃の燃えひろごる
百日紅夜も燃ゆ遠きいなびかり
朝蟬や顔剃るだけのシャボン溶く
花野より遠ちをみるなりみな花野
咲きこぼる姫萩をんな住居なる
蚊喰鳥昼くらがりを翔べりけり
秋風裡樹の裏さむき彩湛ふ

志賀高原　三句

志賀越えの黄葉ひらひらと大蛇祭

頂上の秋鎮もるも吹きさらし

血を売るや生きる証しの葉鶏頭

電工の腰に縄生き秋夕焼

風無惨左右の拳のなに怒る

幾千の落葉のなかの意を定む

昭和四十三年

七日臥し枯木先端のみ見飽く

枯木縦横臥して耳のみ敏くなる

一月寒きぶつきらぼうに乗務の挙手

離る肉親遠い冬木ら搏ち合へり
寒むや妻川渡りきし髪みだれ
風花へ弱腰吾れに弱気妻
冬木傾ぐは思考に似たり死に似たり
不安なに片手をがみに冬を跳ぶ
枯木の凹みに神在り見えぬだけのこと
一月や傷ある男黒づくめ
芽吹く濡れ双肩に置き火を創る
妻抱いて躬の証したつ雁の夜
負け犬の傷なめてゐる芽吹きゐる
春や夜の病み呆け妻のいびき笛

草津楽泉園に村越化石氏を訪ふ

声かけて癩者行きすぐ汗噴けり

癩の手に青嶺指しつつ化石笑ふ

塩原にて石原八束氏と会ふ　二句

隆々と峡さかのぼる霧険し

温顔に青嶺来し風瀬を来し風

裏磐梯

雷雨後の絶巓に躬をさらしゐる

蒲の穂の褐色に湖を透すなり

迫るごと青嶺は夜をつくりをり

火の鶏頭霧の渦巻く峡に棲む

月明や躬を剝がれゆく己が影

風に鳴る冬根の濡れは僕らの濡れ

あとがき

　句集「半弧」は私の第二句集である。第一句集「傾斜」は昭和三十年までの作品を集めて昭和三十一年に出したので、もう十三年を経た。この句集はだから昭和三十一年から同四十三年までの全作品の中から、石原八束先生の選を得たもの五百句をもって一冊となしている。半弧にもられた十三年間はまた、私にとってはかけがえのない人生の一転機でもあって、種々の出来事に逢着したから、その時々の作品が、その時々の思い出をもたらしてくれていて、作品の良否よりも、むしろ、変転した自己の投影になにやらなつかしさが先行し、この十余年が自己の生き得た四十数年間でもっとも波乱に充ちた生きざまではなかったかと思えるのである。成長してゆく子供達と、それを支えての職場での組合運動、銀婚を目前にしての妻との永別等、人生における劇的な衝撃は、私のこれからの人生でもそう再々起るものでもなかろうから、そういう意味からいっても半弧は私にとってかけがえのない歴程の証しなのである。

　幸い石原先生のあたたかい御配意をいただいてこの句集が世に出ることになったことは、

私自身の喜びはもとより家族一同共々感謝申上げる次第である。更にいえば、句集「半弧」は、私の常々唱えてきたやまびこ俳句の実践としてみていただければ大変有難いのである。そうして私自身の俳句遍歴の集積がどのような過程を経て来たとしても、これ以上のものでもなく、これ以下のものでもなかったこと、又今や年齢的にも峠にさしかかってしまったことを、ともども深く自覚し、これからの自分の句業の開拓に更に一層の努力をかたむけたい存念である。諸賢の御叱正をいただければ幸いである。

吉田未灰

独《どく》語《ご》

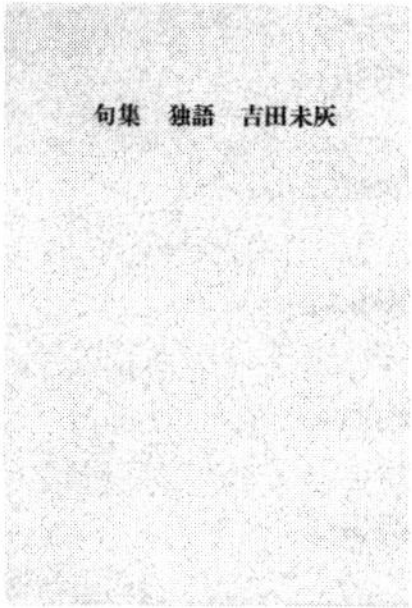

昭和五十五年五月一日
やまびこ俳句会
四六判　函入　一八八頁
定価二五〇〇円
収録句数　五二〇句

火のひびき

昭和四十四年

秋深し一語一語に火のひびき

老工の死や天上に鵙猛ける

枯木乱舞妻を欺してばかりゐる

風邪の眼に白鳥翔べり妻跳べり

風邪の拳のまだ妻子搏つ力もつ

咳けば千の枯木ら殺到す

妻化粧ふ冬夜鏡の奥深き

独楽疾し行く日来る日の血まみれに

呪文めく黒い洋傘ささめ雪

人形の股間のつぺり冬夕焼

冬きららひとの葬りへ正装す　菊池きよさん夫君葬儀

雪嶺や鷹は飼はれて昼眠る

蓬髪へ雫く春雪詩がいのち　やまびこ二〇〇号はわが来し道

風紋へ蟹喰ひし眼のゆらぎをり　鳥取

ぽん引さくら春夜なだれてストリップへ　城崎

八雲居の畳へこめり春愁ふ　松江

陽炎や漁網つくろひの女衆　境港

老海女の垂れ乳汐やけ春愁ふ　日和山海岸　二句

磯笛や海女が潜りて汐汚す

牡丹しづか佇てば吾が息のみきこゆ

花あざみ傷あるこころかくすなし
一樹より蟬湧き万の蟬囃す
炎天や濡れ躬の蟹の横走り
傷心や歩いて馳けて青みどろ
くちづけて青嶺ぐらつく病みあがり
山蟬やわが佇てば吾も樹のひとつ
花芒湖尻は波をうち重ね
秋草に躬のさらはるる四十過ぎ
虚実わがさきへさきへとはたはた翔つ
崖上の精神病棟まんじゆしやげ
草叢より牛起ち昼の虫黙す

をんな入り秋叢密に濡れそぼつ

秋愁の躬に余りたる影法師

鰯雲こころ翳るは誰がためぞ

遠い崖見えざるものも枯れ居らむ

冬来るか妻の化粧の長くなりぬ

腰まげて枯木の吹かれゐるを見つ

骨粗鬆症、腰椎椎間板ヘルニア再発

日日横臥北風の奏でを片耳に

枯れ激し寝返るに妻の手を借りて

霧の扉

昭和四十五年

冬茜なんに急かるるつまさきだち

なに恃む枯色まみれの雀らは

枯木星終のひかりを失へり

石田波郷死す

冬枯れの川の中なる杭一とつ

冬鮮し一畝一畝を掘り起し

碧落へ火種のごとき音のごとき

第二句集半弧発刊

胃カメラを呑むさくばくと枯野を置き

冬川へ一樹影置きいのち秘む

枯れ一望たとへば許す生き身の詩

雪を踏む音の針音我に執す

雪無縫一樹に倚れば一樹鳴る

北川辺　一句

芽吹く音眼のなかにあり眼を閉づる

芽吹くなか通るたちまち火臭失せ

にはとこの芽に囃されつ酒買ひに

藤房のゆるるばかりや達治亡し

太宰忌の雨横なぐり植田ゆれる

新樹濃し淡し容れざる意志ひとつ

太宰忌の酒肆のくらがり女抱く

十薬の花の十字架死を視つむ

吾より出ぬ炎天の影踏まず行く

螢火の淡きほむらよ吾を燃やせ

汐騒のごとひぐらしの鳴きうつる

秋風や鉄にもどりて機《か》関《ま》車眠る

さよならＳＬ

男郎花無雑作に折り妻の墓へ

霧しぼみあつけらかんとダムの顔　　黒部峡　六句

霧こだまダムせんせんと神を呑む

眼を濡らす霧と紅葉と男旅

山蜂の鋭どき翅音ダムに落つ

山脈へ霧はしりゆき日がさしゆき

霧の扉を押しゆくやダムの音展らけ

寺町は三十三寺秋しぐれ　　弘前より十和田

霧ぶすま八幡平の緋からくり

ぼろん人肌秋思左眼にのみ照らふ

木の芽月夜

昭和四十六年

前田新峰七回忌　二句

野分墓地枯れしものより吹き落とす

もの寂ぶや秋思はげしき墓どころ

田村杉雨句碑除幕　一句

枯れ統べて石のいのちのよみがへり

枯原へ無聊の双手もちあるく

一月や神へ仏へ身銭きる

冬木細くて躬を寄せ難し離れ佇つ

妻の母逝く　三句

泣き顔の凍てたるさまにあらざるや

夜の梅や忌中の裏手にぎはへる

北風空へ葬りの弓矢ひやうと射る

雛あられ喰みこぼしてや眠りそむ　孫香の初節句
わが影をはみでし木の芽月夜かな　二男文夫結婚　一句
山影の梅の日だまり婆ふたり
芽吹く意の林中汚がすわが深息
青葉木菟両眼ひらいてゐて眠し
麦笛や大正生れかくも老ゆ
短夜の妻にも吾にも一書あり
薔薇あえか蹰みて立ちてなにかある
枇杷啜りたくまざることを憂ひとす
麦焼きて羅刹のごとき漢かな
声あげて少年曼珠沙華薙ぎ倒す

青芒疫病のもの焼かれをり

ひまはりの黄の放埓を許しおく

死が見えて絮となる芒ばかりかな

落葉一とつ吾が遺書となすもののなき

遺書となす一句やわれに木の実独楽

喪へ行くと虫のひそみの中通る

虫すだく前衛嫌ひ保守嫌ひ

山神の降らす落葉と思ひゐる

岩櫃山　二句

頂上や神の落葉を掌に積ます

短日やくちやかましき妻とゐる

枯木々のうしろつつ抜け日当る村

能登太鼓

昭和四十七年

ふるさとは冬木の頃にのみ近し

吾が佇つに意中の枯野凹凸す

葱匂ふうすくらがりに妻泣けば

鴨さかし枯園いろの吾を無視す

三渓園

喪へ急ぐ雪まみれなるまつ毛たたみ

生きたしや死にたしや霏々と雪

畏友豹一郎逝く　二句

春愁の濡れ手かしづく紙漉女

胸高に白鳥水をけたて翔つ

白鳥の小さき瞳雪嶺まぶしむや

瓢湖　六句

戻りて白鳥のなほ日いろ満つ
白鳥の一羽搏てば数羽翔つ
吾もいつか白鳥となり湖を走る
白鳥翔つ旅人吾れを地に残し
春蟬や墓域さはさは風生めり
深大寺波郷墓地
芍薬の一花ふらつく風の中
蜂吐いて牡丹妖しきまでに映ゆ
須賀川牡丹園
新緑の湖ひた漕いで肺染まる
赤谷湖
新樹濃し太助生家に馬を見ず
干し鰺の眼をつらねゐて海荒るる
伊豆網代
旅愁のやうにごめ鳴き梅雨の海みだす

海紅豆《エリスリナ》咲き汐濡れの道つづく

千どりさん夫君急逝通夜に参ず　一句

あぢさゐの碧紫さゆらぐ枕経

下久保ダム

野苺や道は湖底へ突きささり

四万峡　四句

荒梅雨にうちひしがれて山のみみず

四万嶺より筒鳥朝の声くばる

蚋搏つて川瀬を渡る杣夫婦

吾も火蛾の仲間となりて火に憑かる

紫蘇もみし指さはさはと泉享く

墓成りて家霊やすらぐ虫しぐれ

草は穂に言葉つまづく詩づくり

谿紅葉声をださねば燃えつきさう

茫々と花野男の立尿り
屍とならば幾千の虫囃すらむ
鷹一羽海のしぐれにただよへり　東尋坊　三句
蟹啖ふやしぐれ荒波どどと寄す
磯しぐれ蟹食うてなほ愁ひ濃し
能登金剛しぐれの中にそそり立つ　能登抄
こころかくもさびれてしぐる舟隠し
那谷寺の秋思透けゆく千手仏
夕しぐれ田をはみだせる旅の肩
千枚田の一枚に佇ち秋思尽く
灯台へにぶい灯がつきしぐれ急く

片頬に海よりの月能登太鼓
穂芒や能登路は常の露しぐれ
逝く秋の汐鳴り旅の胸に溜む

草笛

昭和四十八年

一月の川のなかほどたかみけり
風花のとびきて峡の子守唄
枯山に神話亡びず鳶許す
雪嶺へ同色となり白鳥翔ぶ

瓢湖 四句

鷹降りて白鳥浄土かきみだす
凍てきびし餌つけの声音湖をわたる

雪の化身の白鳥へ吾の黒づくめ

北川辺

春愁や火色に染みし鍛冶の爪

七輿山古墳

春愁の首求め合ふ羅漢たち

下久保ダム湖畔に長谷川秋子句碑建つ

春愁の貌を湖水のなかへ浸く

秩父長瀞　一句

瀞に散るさくら水棹の横すべり

草笛を子と吹くこころちぐはぐに

甥に三女出生

梅もぐや生地に知遇ひとり殖ゆ

秩父札所三十四番水潜寺　三句

青くるみ遍路の鈴の泣きぐせよ

鉾立てて秩父杉山万緑裡

万緑へ包帯の指立てて入る

秩父華厳の滝

青くるみ滝への径はたたらぶみ

さうさうと雨に溺るる苗代田

虎杖や川瀬は霧をまとひをり

霧積の川瀬さざやく夜の秋

川虻の濡羽かがやか瀬に溺る

から松に朝の霧湧く切通し

霧積夏季錬成会　五句

ひろしま忌ちかし炎天の顔くらむ

旅憂しや霧にけぶらふ木曾五木

欝々と旅路さすらふ青しぐれ

峨々として木曾谷霧の粒うごく

木曾路吟行

灯に濡るる堅繁格子虫しぐれ

妻籠

濡れ芙蓉馬籠急坂こころ急く

馬籠

秋草や積まれて匂ふ檜材

葛咲くや木曾七谷は霧ごめに

たたずめば吾も一木や鰯雲

足利ばんな寺

寝釈迦童顔まはりにとんぼまきちらし

浄因寺に滝春一句碑あり

吾亦紅ゆきすぎてすぐゆきどまり

生地坂本

ふるさとに知りびとすくなむかご飯

妻にのみつく草じらみらちもなや

猪鍋つつくずんべらぼうの五十かな

風狂や枯葉の音にのみ憑かれ

草の実のひびかふ地獄極楽図

欺くも欺かるるも虫浄土

七変化

昭和四十九年

似て非なる冬木四五本並び立つ

ふるさとは枯山づたひ父母ねむる

兄弟そろって久々に生地へ　二句

冬みごと黒づくめなる喪の晴着

寒林をひらめのごとく抜けて来し

冬川の光りつつぬけ雲に声

一音は鶇の羽ばたき咳こぼつ

紙漉の一村梅の花の中

和紙の里小川町　四句

楮煮る釜のてりくる梅曇り

漉弓のぴしつぴしつと梅曇り

春陰や音の間遠に紙きぬた

野火くらむ五臓六腑へ水疾り

野を焼いて晴ののち曇り農夫病む

木の芽喰ぶ戦中の飢ゑ戦後の飢ゑ

春月や死は見えさうで見えぬなり

花辛夷来し方有情無情かな

七変化咲くだまされてばかりかな

十薬の花の妖しさ詩のむなしさ

若葉風もうあくびして指吸うて　吉岡さん長子誕生

禁酒地蔵青蔦は樹を十重二十重　秩父札所四番金昌寺三句

百仏に視られ梅雨傘押しひろぐ

花ぎぼし水子地蔵は泪眼に

檜原湖

千の鞭もて秋風の湖よぎる

鷲倉　三句

山蟻の胴くびれゐてにくしにくし

霧流れまづ山額の花を消す

花芒男の旅の無雑作に

秩父札所二十三番音楽寺　二句

鐘撞くや花野はせつにゆらぎゆく

法師蟬小鹿坂はやや木隠れに

生地墓参

虫すだく躬の片側は構へなし

暮坂峠

萱は穂を風にふりたつ暮坂越え

牧水もかくてありしや朴落葉

発哺三好詩碑　一句

秋気濃し詩碑に触れなば詩湧かむ

木の葉髪かさむ歎きの詩一とすぢ

寒林を行くなにごとのなけれども

天の川

昭和五十年

初風呂へ男のしるしさらしゐる

凧あげの子らしばらくは尿きそふ

妻病むや葱のきつさき月を刺す

心音へつらつらしづくのひびくなり

羅漢忌や一枝の梅に憑かれゐる　田中午次郎忌日

海見えて芽吹きはげしき雑木山

ばうと咲く梅一樹二樹谷戸曇り　鎌倉吟行　四句

かけこみ寺へ男かけこみ梅散らす
尼僧過ぎ沈丁の香の忽とあり
花あせび天平の声木々よりす
花くらみ死顔ひとつ通り過ぐ
白鷺城立夏の風を搦め手に
草笛の少年と佇つ一の谷
木苺の花や霧中を伝ひ歩す　六甲
巻貝の奥しはしはと卯波寄す　舞子
郭公や武尊を捲いて水奔る
死の席へあけつぴろげに蛙田置き
つんつるてんの花藤ばかり三好の忌

花栗や裸身すつくと男佇つ　　四万

梅雨くらやみバリューム呑んで裏返さる

般若波羅蜜多火渡りの素足婆　　観音山火祭り

星合の星のひとつとなりしかな　　松野自得氏を悼む

虻を搏ちをんな荒々しき息す　　草津夏季錬成会　三句

熊笹に万の風きて汗鎮む

火蛾生れて闇うるしなす山毛欅林

虫音澄む吾妹は踊み吾れは佇つ

虫音四囲怒りの虫を腹中に

ざれごとをきき虫をきき酒肆に居る

秋欝と啄木の海どよもせり　　函館　二句

いか舟の火のほつほつと殖えきしよ　白老

嫋々と秋思つのらすムックリの音　阿寒

マリモ哀史枯葦の辺にあるごとし　知床

さいはての秋のしぐれに躬をうたす

天の川淙々くらむオホーツク　武州竹寺

竹林の奥へ霧曳く杉檜

竹眼鏡より秋嶺のはみだせり　勤続三十年効績賞受く

爽やかに来し方はあり黙礼す

波郷忌の着流し帯へ双手差し

枯色へ同色の躬を折り蹰む

一会一韻

昭和五十一年

石原八束先生夫人急逝
一句

霜幾夜山茶花の白こぼれつぐ

年逝くや凜々と張る霜の木々

温海
一月の沖ゆ湧きつぐ白波頭

羽黒
冬瀑の痛みいたはるごと落つる

枯木より躬を剝がし来てをんな待つ

数の子やまぬがれがたき齢一とつ

妻沼
うらうらと風邪の躬を堰く枯葎

水上
雪の夜のくらき鏡の中に咳く

地虫らに眼あり汚れし世をみしや

花桃や少女の尿の泉なす

歳月のくらみきらめく沈丁花
花寒し胃をのぞかれてしまひけり

八束先生芸術選奨文部
大臣賞受く　一句

貸馬の首さげてゆく山ざくら
悪童の居てげんげ田に寄りつけず

児玉長泉寺　二句

一音は蜂の飛翔と思ふべし
藤いまだ苞かむりゐて風稚し

上州一之宮　二句

筒鳥に鳴かれさみしさ手に余る
神域の裏手幽径まむし草

大島鉱泉　二句

夕激つ浅瀬や芹の花すこし
暮れ色のまづ花桐にきてゐたり

一石は盤石にして万緑裡

藤岡支部の人達の善意により庚申山に句碑建つ

金雀枝の黄のうするかにざんざ降り

遠蛙子らの世界も敵味方

花栗は男の匂ひ神の山

迦葉山　二句

鬼あざみ法鼓ひびかふ泉の辺

夏霧の音たてて捲く神の杉

戸隠

わくらばの一会一韻身をそらす

妙高

梅雨青嶺心耳かがよふ鳥けもの

蛇疾し泉を神となす習ひ

柏原

炎天下一木片と化す墓標

アイヌ墓地

炎天へ白炎まとふ一飛瀑

層雲峡　一句

法師蟬湖のぞかせて楢林
あざむくや風ぽぽぽぽと吾亦紅
花すすき一岳照ふ日照雨かな
水上　二句
芒叢女でてよりしづもりぬ
いとど跳ぶおどけ心の吾になくて
水澄むや鉄橋歩く巡回夫
群青へ大輪の菊咲かしめよ
苔雨君県文学賞受賞
ゴッホの黄の深さ黄落の樹のまぶしさ
ゴッホ展　一句
嫋々と落葉せかせる谷の音
枯芝へ晴着の二児の神妙に
孫香、志保七五三内祝
吾が寄れば冬木の洞の鳴るごとし

裏山へ路いくすぢも烏瓜
裏山へ道突き当りそぞろ寒む
あまたなる落葉のなかのひとつ愛づ

寒ざくら

昭和五十二年

風韻のこだまかへしに寒ざくら

鬼石桜山　三句

青空をひきよせて澄む寒ざくら
山神の声あつめゐる寒ざくら
千手千体千の表情もて冴ゆる

歳晩より三日までを京都にて　七句

智積院脇抜けるやびびと風花す
三十六峰歳晩の灯を抱きゐる

旅人吾もをけら火を振り人混みに

風花のとびきてくらむ北山杉

雪中に音の間遠のししおどし

風花や落柿舎の爐は火を置かず

野火追ひの棒ふりいつか棒失ふ

崖梅や沖へ沖へとゆりかもめ

梅咲けり吾も野のものとして在りぬ

余すなき愁ひ眉目に真多呂雛

春陰へ紙もて香の火を燃やす　長兄三十三回忌

妻の忌の日いろ保てる落椿　亡妻十三回忌

さへづりや遍路の笠の花結び

囀りの身巾をいでず峡曇る
見えぬ死や坐臥うつうつと木下闇
凄風や青嶺を割きし一飛瀑
遠郭公からまつは青噴きやまず
いたどりの花夕霧の粒こぼつ

信濃追分　四句

瞭らかに擬宝珠の小径見えにけり
躬を割つて天道虫の翔べりけり
淙々と万緑に沁む峡の川
山額や瀬音をしぼる峡の川
またたびの花ばうばうと愁ふかな
わくらばの一韻を掌にこもらしむ

谷川夏季錬成会　六句

木苺や素足を責むる宿の下駄

青胡桃川瀬は夜もはずみをり

稲は穂に東北重いおどし銃　　福島　二句

泣きごとをならべて虫に鳴かれゐる

浮標の灯へ月の破片の流れ寄る　　日向灘

灯台へ月光そそぐおよび腰

杉山と刈田と続き鳶の笛　　宗太郎峠

葦刈りの葦より出づることはなし

地獄みし貌ばうばうと秋風裡　　別府

牧草の刈り積み干さる一駄二駄　　千里ヶ原

草千里の一隅にある秋思かな

うづ汐に秋思の己れ捲かれゆく　西海橋

汐騒の遠のけばすぐ虫しぐれ　千葉小湊

穂芒のまねくほかなき磯の風

枯音の夜をぴしぴしと深めくる

寒や夜の笛吹童子風小僧

冬川のささらほうさら涸れゆけり

幾百の瞳

昭和五十三年

柚子湯出し妻柚子の香を吾に頒つ

めつむれど冬夜かな文字ばかり見ゆ

枯れ激し棒のごとくに土工の尿

雪上へけものの跡を吾もつける　水上

雪を被て樹の図太さの諾なへる
雪をんな出でよ深雪に溺れゐる
冬泉蛇体祀れる山ふところ　木酔山房裏山　三句

寒林へ発止発止と斧こだま
晶々と木々搏ち合へる寒の墓地
白梅のあをみて傾しぐ曇り空　救世教本部

男滝より女滝の激ぎち芽吹く木々　黒山三滝

ゆふらりと渡舟降りたち青き踏む　矢切の渡し　三句

連翹の先へ先へとくぐもりぬ
花菜畑はふれど石の硬さなし

花散るやこころに鬼を棲ましめて
夕波のかげりてかなし花筏
幾百の瞳の藤房にまたたかる
松園の女佇つなり夕牡丹
あぢさゐや濡るるにまかす厨口
ぬつぺりと貌突きだせる雨蛙
麦秋にこがされてきて胃が痛む
螢火のひとつで飛ぶはつまらなし
蚊とんぼのゆらりと長き肢たたむ
白地着て汚濁世界を忘ぜしむ
疲れ眼に炎天の町寂とある

倉敷

津山

片蔭や三鬼の生地古めかし

迦葉山

青芒身ぬちのどこもつまさきだち

薬師錬成会　六句

緑蔭へつまづきぐせの一揚羽

わくらばの無韻つぶさに瀬へ返す

杣道は登りばかりよ蛇苺

白地着て川瀬渉るをはばかれり

今朝秋の瀬音沁みくるふくらはぎ

身めぐりへ虻の光芒一矢なす

性欲か無欲か擦過一雷雨

百千の虫に声あり死に処なし

夕焼に顔まるだしの一農婦

きつりふね木蔭を出でし大揚羽
唐黍の房毛ゆるるはしやべるやう
川風の押しのぼりきて夜涼なる

片品村　三句

水引草風に裂かるる瀑二つ
滝水の滝とならぬはさんざめく

吹割の滝

新涼や木道渉る音つつぬけ
湿原へ池塘ちらばる秋の風
湿原へ木道二条うろこ雲

尾瀬

燧岳かげりてさみし吾亦紅
花すすき谷川は瀬をたかみくる
鬼あざみ旅愁のやうに折られけり

水上勉強会

紫蘇は実に利根奥まつて行きどまり

秋天へ一峰一碑相対す

河野南畦句碑妙義神社に建立

鬼城忌やうすきえにしを身めぐりに

秋しぐれ佐渡隠れゐし見えてきし

佐渡行　五句

秋霖や烏賊火ふはふは沖に殖ゆ

漁火の消えがてに退く秋しぐれ

白萩やむせぶがごとき鬼太鼓

秋蝶をはりつけて寂ぶ流人墓地

虫鳴かずなりぬひとつの葬終へて

養父逝く

風狂のやたらめたらに草虱

栗むいてくるる妻ゐて灯下親し

枯葎ふりむきざまに立尿る

妙義湖　四句

いつせいに翔つ鴛鴦《をし》たちへ落葉降る

さみしければ声かけて鴨翔たしむる

羽搏つ鴨羽搏かぬ鴛鴦湖寒し

靴先に落葉さざなみなす日暮れ

秋山郷

昭和五十四年

志ん女さん夫君急逝
二句

冬銀河声つめてものいふべしや

冬雁の鳴き過ぐに頭をさげてをり

こんじきの冷たさを帯ぶ夜の冬木

霜月や書けねば呆と机辺冷ゆ

冬蜂のとばずひたすら歩きをり
かさねがさねの貧や冬月くろく出づ
仁俠の気風いまなし括り桑
人日や唇とがらせて粥を吹く
皎々たる冬木に倚るや安らぐや
酒ぬくめゐて淋しさの極まれり
八方破れに風そそのかす括り桑
妻の叱言を楽しみてをり松の内
綺羅寒き冬田へだてて葬り見ゆ
人の訃や紅したたらす冬椿
左義長の火の粉まみれに婆踊む

瓢湖

白鳥のかほかほと群る水寒き
幾百のなかの数羽の鴨翔ばす
白鳥の一羽はすねて眠りをり
五頭山へ翔つ白鳥の修羅むなし
浮寝鴨寄るも離るも風まかせ
石仏の貌ばうと昏れ雪起し
ゆるゆると寄る白鳥に詩語の渦
白鳥ら着ぶくれし吾をさげすむや
寒禽のぎこちなに枝移りせる

国鉄退職す

停年や双手づかみに芽吹く闇
詩徒たるを生き甲斐とせむ青き踏む

花馬酔木この一とすぢに賭くべきや

沈丁の香まみれに寝て妻寄せず

翅のろき初蝶は吾をとがむるや

北川辺

枯葦へ蹈みて風の言葉きく

巨峰氏へ

巨峰山善長寺脇の春すずめ

岩舟地蔵吟行　三句

落椿ぽととくらみへ石祠

荒東風に躬をさかるかに奥の院

初蝶の吹きちぎらるる地蔵坂

藤岡浅間神社　二句

苗木屋の売声さらふ春疾風

里神楽あかず見てをり四月馬鹿

城沼　二句

沼波のどつぽどつぽと春愁ふ

あたたかや沼波かぶる杭頭　善長寺　二句

たかんなや庫裏に通じる外廊下

芽ぐむ葦でんと坐れる師弟句碑

新緑裡指揮者の両手泳ぎだす　群馬の森群響コンサート　二句

森は新樹の匂ひ深めて交響曲《シンホニー》

花藤へつぶてのごとき熊ン蜂　児玉長泉寺

湖風の吹き抜けてくる朴の花　間瀬湖

山吹や剣の欠けし摩崖仏　上州坂本不動尊

植田澄み柳と句碑と一と屯　遊行柳

踏みしめて著莪の小径のすぐ果つる　白川関跡に芭蕉の歩みし径三米ほど残れり

牡丹の巨花へ吸はるる蜂その他　須賀川　四句

湯のやうに牡丹ゆれねば腹立たし

牡丹の紅蓮ゆらぐは輪廻とも

牡丹より艶なるはなし女連れ

白皙の片頬さらし青嵐　　高館跡

緑蔭の寂としひかり堂置けり　　ひかり堂

黒塗りの家並十四五青葉木菟　　尿前の関

三つ目の戸口のくらみ花うつぎ　　封人の家

山刀《な》伐《た》越えの呼吸あらあらし若葉寒む　　山刀伐峠　二句

一刎の部落や岨なる径茂る

龍吻岩へ罪咎責むる苔雫　　山寺　二句

苔しづく解脱の念の後生車

はやぶさの瀬音たかみに春しぐれ　　最上川

修験者の高下駄鳴らす杉落葉　　羽黒山　二句

杉落葉羽黒山坂磴二千

狛犬阿吽ずんと咲き立つ銭葵　　妻沼聖天

南無一歩南無二歩雨の濃紫陽花　　金盛草鞍子老逝く

ねぶ咲けり願かけ堂の香まみれ　　日限観音

山法師隠田部落木隠れに　　秘境秋山郷は信越県境中津川の深い谿谷沿いに点在する十二の部落で隠田百姓村、平家落人部落説もある

山女の瀬またぎら越えし峡なるか

葛咲くや天明とある餓死の墓

蛇の衣の全量さらす焼畑跡

水口に余り苗伸び蜻蛉生ゆ

夜の青田峡田は水を頒ち合ふ
一瀑か二瀑か夜目に白を持し
夜鷹鳴く二戸の灯明り恋ひめやも
民宿に焚かずの囲爐裏ほととぎす
青落葉いまも貧しき平家谷
百穴の奥のくらみも梅雨じめり
百穴にひそむ百霊夏萩《はぎ》の花

吉見百穴　二句

万緑のひとところ裂けて瀧落とす

軽井沢小瀬錬成会

山芹の花の水浸くを愁ふかな
夏あざみ瀧へつまさき登りかな
瀧風をふところふかく入れなばや

欝々と木々のくらみの花擬宝珠

青霧ふ峠の茶屋の夏爐かな

思惟仏のさだかに在す木下闇

堀辰雄の愛せしという石仏に

七月の燈台の白波濤の白

伊良湖岬に摩周子君と遊ぶ

舟虫の脱兎のごとし土用波

汐濡れの漁夫の通ひ路夾竹桃

かなかなや寺領のかくも奥ひろがり

龍潭寺　二句

宿場女の墓へ径あり田植ぐみ

頭重き日の灸花いまいまし

朝蜩起きでてむなし無職われ

染布を晒す川瀬の夕河鹿

窓月老金婚を祝す

岡田光枝さんを悼む

さしのべし手のかにかくに露まみれ

秩父札所四番金昌寺
三句

秋あざみ遍路めく躬の濡れやすし

せりせりと秋風わたる水子仏

霊泉の井の涸るるなし萩すすき

菊池たけ緒句碑水沢観
音に建立

碑おもても碑うらもぬくし草もみぢ

女人高野室生寺　三句

大和路のむかごをこぼつ野分かな

秋しぐれ数へつのぼる鎧坂

女人高野へ霧ゆ野分ゆ押しのぼる

伊賀上野芭蕉生家　二
句

野分すや芭蕉生家の通し土間

枇杷の花釣月軒の板びさし

蓑虫庵　二句

落葉すや裏木戸すこしかたぶける

蓑虫やまるまるとして土芳墓碑
石蕗咲くや忍者屋敷の抜け板戸
逝く秋の鍵屋の辻の小雨かな
爽かや夫唱婦随の夫婦箸
竹村弥江子さん金婚
掌中の木の実の固さ意識すべし
松原孝好君県文学賞受賞

あとがき

第一句集「傾斜」を昭和三十一年に、第二句集「半弧」を昭和四十四年に上梓、このたび第三句集「独語」発刊に踏切ったのには、二つの理由がある。

その一つは、三十有余年の国鉄勤務から解放され、俳句一筋に徹することを期したこと。もう一つは主宰誌「やまびこ」が曲りなりにも三十年を閲したということ。この二つのことを記念して、家集上梓を思いたった次第である。第二句集「半弧」が修羅哀々のものとすれば、この家集「独語」は、いささか落つきをとり戻し、生活的にも安定をした時期の作品が多くなっている。そうして年齢的にいっても充実したものといえなくはあるまい。…が、しかし、作品の燃焼度ということになると、いささかのためらいがなくはない。しかし、自分なりには、半弧のドラマチックで波乱にみちた句業を経て後に到達したものであって、決して安易に妥協をむさぼったという意識はもってはいない。否、むしろより以上に、俳諧の俳に徹したつもりであり、俳句の伝統詞芸をかたくなに遵守する方向にはげんで来たと確信しているのである。

現代の詩想を、自からの生活の中から、いかに摑み、探りだすべきか、という模索を積み重ねてのあげくが、結局、このようなものとなったと、いまはそう思わざるを得ない。にんげんの生きざまの表白を四季循環の中に賭けて、今日まで来たことを今さら悔ゆることはないけれど、ここに「独語」一巻を編み、再び三再び読み返して、いささか忸怩たるものが去来するのを否定せざるにしくはない。「俳句は持続の文学」「持続の姿勢を保つ」の持論を久しく持ちつづけて来たことを、いまも信じ、今後も信じつづけることをあらためて認識せざるを得ないのである。

第二句集「半弧」は石原八束先生の序文をいただき、秋叢書として出したが、この「独語」は、さきにのべたようにやまびこ三十年を期してのものなので、敢えてやまびこ叢書として発刊した。作品は各年代別にかなりきびしく捨ててきたが、五十三年、五十四年度に至り、どうしたわけか捨て難く多くの作を抄出する結果となった。これはまだ作句後時を余り経ないための愛着心からであろう。大方のご批判ご叱正をいただければ望外である。

昭和五十四年十二月二十日

やまびこ発行所

吉田未灰

刺《し》客《かく》

昭和六十一年七月三十日
現代俳句協会
B六判　並製　一六〇頁
定価一二〇〇円
収録句数　三〇九句

昭和五十五年

三日はや捨てるべきもの身ほとりに
枯蓮男の証しなくもがな

妻の妹貞子さん急逝
凄寥や泣かねど妻のうしろ寒む

田中午次郎忌
梅手折る着流しの裾まつはらせ

柴燈大護摩　四句
芽吹けるへ火伏せの法螺のとどろけり
春疾風阿修羅のごとき火伏せ僧
春泥に踏みでて護摩火渡りきる
火を渡り来し躬や芽吹く木にもたる
野火に駆く口舌のごとく火を散らし

野火追ひの棒すさまじく先ぼそり
縦横に種火走らせ野を焼かむ
三好忌へ電車乗り継ぎ参じけり
生きざまのまこと愚かし田螺這ふ
人妻の来て芹の水濁しけり
立ち話きこえてきさう花ぐもり
立　尿る　男　埒　な　し　藪　椿
一枝ゆれ数枝へ飛沫滝ざくら　三春滝ざくら
一山に一樹の辛夷波濤めく　二本松霞ヶ城址
高野路へ山藤ばかり信徒ばかり　高野山　四句
同行二人妻伴れを恥づ青高野

僧形にあらず俗身青葉まみれ

蕭条と高野七口青葉木菟

春蟬や薬師鳩の湯川伝ひ

薬師湯へつまさきのぼり蛇苺

薬師　四句

灯を頒つごと螢火の湧きてきし

掌に点るほたる余命を数ふるや

ほととぎすききとめて立つ坊泊り

高尾山　三句

金輪際滝のとどろく花うつぎ

緑愁や筒鳥に躬も打ちぬかれ

磴降りて恋ふすずろなる木下闇

歩かねば芭蕉になれず木下闇

黒羽周辺　五句

青田風遊行柳へ道一と筋
踏み入りし夏草も田も遊行かな
蛇の屍を見て炎天をましぐらに
虻めぐる沢風は躬を切るごとし

梅田の里　四句

山百合にのぞかれてゐて用を足す
夕ひぐらし杉山の秀へ鳴きうつる
湖昏らみつくつく法師鳴きこもる
流されて盆供の馬の茄子・胡瓜
散りてなほ白とどめをり沙羅の花

悼む永井世津様

幾万の露けちらかしひとの死へ
六道へ冥府へ芒原つづく

釣舟草秋めく風に漕ぎ出だす
こほろぎに囃されつつもなぐさまぬ
草虱に好かれてばかり埒もなや
神留守の一山一樹注連垂らし

昭和五十六年

黄落や墓碑にそそぎし酒余す
風鶴院妙鶴院や落葉積む
段《きだ》道《みち》の片側しぐれ曇りかな
履き違ふ足袋や謀れば謀らるる
牡丹焚火待つしぐれ傘かたむけて

深大寺波郷墓地　四句

須賀川牡丹焚火　四句

焰色つとむらさき濃くす牡丹焚
牡丹焚火のうしろや旅の寒さ負ひ
牡丹焚く背なつつぬけにしぐれ闇
鵙の声稿成さぬ日の呵責あり
こぞる冬芽罪障深きものら地に
滝つらら水眠らせてしまひけり
雪螢ふるさとは恋ふだけにして
備《び》前《ぜん》楯《た》山《て》満身創痍秋の声
足尾　四句
俗名の墓碑ざらつけり吾亦紅
崖《が》崩《れ》銅《や》山《ま》へ翔ぶはたはたの自殺かな
秋寒し草屋と化す社宅村

鶏五千寒の灯を浴び産みつづく
枯叢を越すに双手を出し渋る
寒行の僧のうしろに蹤きゆけり
炉ほとりに坐し漂泊を思ひをり
含羞や藁囲ひより寒牡丹
百鶏に百の寒卵枷せらるる
雪婆戸口に来しや炉火燻る
寒林の一樹一樹に日の匂ひ
午次郎忌にかてて加へて市川忌
芽楓に爪先立ちをして触るる
神《かみ》座《くら》の一段高しひひながゆ

雛粥の行事は、多野郡上野村乙父に古くから伝わる月遅れのひなまつりである。　五句

磧寒むひながゆの座は石囲ひ

大鍋の粥噴きこぼつ磧寒む

菜屑流して煮炊きはじまるひひながゆ

川虫の這ひ出てまぶしひひながゆ

後生善処為菩提花吹雪　亡妻十七回忌

花ちるや鎖錠されたる水取井戸　世良田

花ぐもり墓地の石扉の押せば開く

夜の新樹同志はこころやすきかな

辛夷咲く天上に雲地に斑雪　奥只見へ　四句

ふきのたう尾瀬三郎の涙なる

雪代と雪嶺とまだ昏れ残る

残雪の谷ゆかたかごの群れ咲きに

筒鳥や木曾谷青をそそのかす

桟《かけはし》の谷ゆ一会の青葉寒む

旧道は坂道つづき夏落葉

薄暑光十曲峠是非もなし

妻籠より馬籠七坂夏わらび

木曾路　五句

湧き水の鱒を飼はしめ田を植ゑしめ

箱島

竜神の滝茫々と裏を見す

滝裏に坐しふつふつと不動心

黒滝山不動寺　二句

剛直に曳きて動かぬ兜虫

青芒さつさつと風切るごとし

上牧・夏季練成会　四句

葬列が来て黒揚羽たぢろげり
緑蔭にをんなひらたく眸を伏せる
馬つなぎ跡いまはなし蠅交るむ
海野宿　三句

茄子胡瓜旅籠奥行深くして
街道の裏手唐黍畑そよぐ
民話より抜けでし婆やかたつむり
炎天に踞みて己が影つくる
蟬穴のぽかりと昼の闇を置く
野火止平林寺

杉鉾のすつくと霧をのぼらしむ
幾百の修那羅石仏秋しぐれ
信州修那羅峠　六句

男郎花洟たれ地蔵神妙に

秋風をとどむ修那羅の神ほとけ
毒茸や修那羅山神濡れそぼつ
秋霖やのぞきてくらむ樹胎仏
毒茸や腰巻被《かづ》く子安神

昭和五十七年

蓑虫の貌のぞかすは親しもよ
一村を火の見が守り野分吹く
菩薩とも修羅とも凜と月下の僧
吾亦紅熟年吾れに似つかはし
山神は留守杉落葉踏むによし

廃村となった大滝宿

無人村馬宿一戸炉火を守る

中野不動尊

滝細しもみぢまみれの行者石

波久礼羅漢山

落葉すや羅漢五百に五百の眼

世良田　二句

思惟仏に落葉無頼の吾に落葉

歴代の位牌ならめり底冷す

立錐の余地なき羅漢銀杏散る

霜降るや真昼のごとき操車場

ひと誇りきて綿虫にまつはらる

悪戯に投げてむなしき雪礫

畏友渡辺七三郎氏逝く

水涸るやさしのべし手のとどかざり

火気失せし胸を枯野にさらし佇つ

遠嶺どち吹雪く慶弔あひつぐも
きもの展出て騒然と芽吹くなか
ルオーの絵見てきてものの芽に触るる
芹摘むや男坐りの子連れ婆
紅きものちらりと子連れ遍路かな
恋猫に痞たかぶれり妻居ぬ日
葱の花見えゐて遠き畑道　二子山古墳
絵島化粧ふに似て高遠のさくら濃し
遠ざくら伊那七谷を茫と置く　伊那高遠　二句
亀鳴くや隠し湯に行く長廊下　信玄の隠し湯
落葉松の針芽つんつんそつけなし

巨枝生きて幹うろたへる大ざくら

葉隠れに朴の一花は置き給へ
前山仮名子氏を悼む

蝌蚪寄りてなにへらへらと語り合ふ

朴一花今日仏心をなほざりに

雀隠れにふと思ふあり不信あり
間瀬湖　三句

草笛を稚拙に吹いて年寄るも

万緑を翔け翡翠《かはせみ》の急降下
玉淀・京亭　二句

山蟻の尻ふてぶてしいくさあるな

青葉蒸す箱根八湯峰つづき

ほととぎすホテル横づけに遊覧船
箱根遊吟　二句

まだ残る小字清水田植田澄む
北橘村　二句

湧玉の清水浄々蟹走り

星合に似たるも弟子のひとりなる

石原八束先生とお会いするのは年に一、二度なれば

片蔭を出て水色の己れ曳く

玉蜀黍の花しらしらと村はづれ

百日紅ひと通らねばものの足らぬ

毛虫焼く夜叉にも羅刹にもあらず

法師蟬一樹下は吾が死に処

遠景に花野膝下に一切株

反核署名わが死後も虫すだくべし

秋草の密なるに躬を隠すべし

湯檜曾　二句

霧に躬を濡らして男臭きかな

花野出て菩薩の顔を保ちをり

草は実に滝せんせんと威をただす　袋田　四句

滝しぶき秋意おのづときざしけり

滝を見し眼に白萩のゆれのこる

一瀑へ爽涼の躬をかしづかす

溝蕎麦や小流れに添ふ御成り道　西山荘

新涼や花眼ただせばものの見ゆ

秋灯下夫婦の齟齬の深まるも

昭和五十八年

草の実のしごけば落ちて新峯忌

籾干すや痩せ地何代継げば絶ゆ
おどろしき女の貌ややそぞろ寒む
薬師如来の剝落はげし落葉はげし
北橘村八崎・薬師堂の天井に間引絵あり　二句
冬浅し寝釈迦に触れし手のぬくみ
行道山浄因寺に赤子のような寝釈迦あり
一冬木揺らせり貨車の全輛過ぎ
枯葎さけて通らば通れさう
塑像昏れ高きへ群るる雪ぼたる
石投げて寒林に音ひとつ生む
大くさめして諧謔を失念す
掃初の妻に追はれて外に出づる
諍ひし妻の泣きがほ七日粥

大晦日より新年にかけて佐渡に泊つ　七句

歳晩の佐渡ゆほつほつ灯を減らす

元朝の火を洩らしゐる漁家だまり

鬼太鼓《おんでこ》の音の冴えくる冬怒濤

冬潮の曳きぎはすがし鷹舞ひ来

大佐渡に雪雲小佐渡雪ちらつく

墓あるもかなし墓なきは枯葎

寒林へ耳立てて入りけものめく

吾が影と冬木の影と触れ合はず

凜と冬木影あるものの伸びちぢみ

霜枯れの道ここに尽き家郷なる

忌の墓地へうからはらから凍てゆるむ

吹越の万霊のせて来たりけり
雪となるしづけさ刻を沈みゆく
寒きびし己が踏みゆく己が影
冬芽鋭き峡の瀬音は天に抜け
川原湯渓谷　三句
凍て滝の芯疼きをり音生みをり
春浅し峡へ通ずる裏梯子
奪衣婆の口をへの字に春時雨
紅梅や寺門にかかぐ六文銭
自堕落のごとし春泥に踏み入るは
春昼の火を焚き葬の後仕末
初蝶を見し人嫌ひなほつのる

春や夜の妻と思ひを違へをり

春雷に耳ぴくぴくと馬眠る

倶会一処たり山葵田へ雪解水

鷹舞ふや山葵田青を張りめぐらす

安曇野　四句

安曇野も始めの涯の花山葵

花山葵山の霊気を灯しをり

次郎長に吾がなれぬなり新茶摘む

楠の花眠り羅漢の目覚めずや

川越喜多院　三句

鼻くそ羅漢の鼻の上なる大揚羽

薄暑光湯沸し羅漢仏頂づら

十薬や蔵の裏手のつるべ井戸

同・資料館

草矢放たば老骨の気のうするるよ

亀鳴くにあらず韻事にかまけ来し　還暦

あぢさゐや一つの忌日胸にとむ

くらがりがありて保身の蟇退ざる

俘虜のごと緑蔭へ手をあげて入る　老神　二句

旅舎の灯のとどかざる辺に夜鷹鳴く

蛇搏ちしたかぶりや血の濃くならむ

緑蔭へ身を投げて即生身仏

葬列が行く炎天の一穢とし

くわんのんの磴死者のもの戻り梅雨　鎌原　四句

雨の蟬鎌原和讃哭けとかや

夏炉焚き榾けむらせて和讃婆
和讃のごとき雨中の蟬のこもり鳴き
水引の花を手桶に尼僧来る
碧と読めて六朝書体秋気満つ
三国山麓法師にて　六句

水澄むや旅舎をふたつに法師川
なに急くやわくらばは瀬へ人は湯へ
木天蓼《またたび》の実のとどのはずれ峡深し
三国嶺に霧捲き熊の出る噂
分校の子ら熊除けの鈴つけて
墓出でし蛇の涼しき眼を憎む
新治村須川平　二句

死ぬる日は百虫すだく頃とせむ

昏れいろのまづ湖を染め虫すだく　猿ヶ京　二句
鶏頭の丈足らざれば跨ぎ過ぐ
手のとどくほどなる峡の鰯雲　桐生梅田鳴神庵
葦刈りの昼餉高腰すぐ終る
草虱短足われにのみつくや

昭和五十九年

花虻を寄せて満足冬ざくら　武州城峰公園
冬山へ突き刺すごとく路のびる　榛名湖
鳰浮くを見定めてより岸離る　庚申山　二句
枯れ四辺火色をゆらす烏瓜

蓑虫の鳴くを信ぜり吾は泣かぬ

雁鳴くや地にある者ら憎み合ふ

娶りたる君らに凜と冬こだま

ノルファン・ヨセフィ君
小野裕子さんの媒酌

枯木どち風に鳴るさへ父母のこゑ

八方に枯れふらちなる立尿り

枯れ激し己れはげます平手打ち

寒林へ入るやたちまち貌失ふ

刺客待つゆとりのごとし懐手

雪嶺にまみゆ一遇と云ふべしや

福島支部新年句会　三句

怒りしづめむやつらぽきと折る

枯れ急かすごと大鷹の逆落とし

読初めは奥の細道因果かな
踏み出でて雪中にはや尿意もつ
雪を来て無頼のごとし口噤む
枯疎林笑ひおのづと唇にでて
胸中に置く一冬木一乱舞
彼の冬木わが近づけばもの云はむ
引鴨の群れてをりしが翔ちはじむ
虫穴のぽつかりあいて地を病ます
ひたぶるにひひなのかほのあからさま
税すこし戻りてよりの朝寝ぐせ
朝寝ぐせ妻にうつりてゐたりけり

蜷の道わが生きざまの愚なりけり
一番火先達が越ゆ花曇り
柴燈護摩　二句

終ひの火を婆が渡れり花曇り
野にあれば邪鬼も菩薩もかぎろひぬ
髭剃れど浮かぬ一と日や花曇り
花びらのほほに触れなば旅ごころ
妙義山

たかんなや武家屋敷とてこぢんまり
蒟蒻植う織田七代の墓の前
甘楽小幡　二句

ぼうたんの百花の中へ葬るべし
牡丹千輪風にゆらぐは火のごとし
川崎三郎氏逝く　二句

遅日なる修那羅に神と仏たち
信州修那羅峠　二句

磴下るとき郭公の送り鳴き
いそぐ蟻なまける蟻とすれちがふ
蟇退ざりわが退ざりぐせあざけるや
ぐぐと青嶺百禽のいま巣立ちけり
四万　三句

のぼり来て青葉隠りに摩耶の滝
郭公の尾をすいと立て声を張る
菖蒲田へいはくありげに女傘
肩こると野に出て灸花摘みぬ
五合庵への道は急坂蚯蚓太し
やまびこ錬成会・五合庵、出雲崎　五句

病葉の肩に触るるも悟り得ず
弥彦神域一青樹より濡るるなし

蝸牛の触角るると海を指す

睡蓮二花悟りのごとくぽつと浮く

毛虫殺めてほとけごころのなくもがな

炎天へ一樹の影の余りたり

原爆忌一樹の影によれば冷ゆ

一水を得て緑蔭の引締る

葬り来し躬へ百千の虫すだく

野の花に触れきし手もて焼香す

一徹さむきだしされど爽かに

みゆきさんのご主人へ

草じらみをんなに触るるべく触れて

赤城村　四句

はたはたや草叢いくつ越えて来し

不動明王の前冷やかに結跏趺坐

百姓の老いては愚痴る唐辛子

渡り坑夫《まぶ》の墓のさびれてそぞろ寒

足尾

高音鵙寝釈迦の眠り覚まさむや

一鉦は寝釈迦へほかは紅葉谿へ

秋の炉に濡れ躬どつかと山男

沢入塔の沢　三句

鶏頭燃ゆ朝すでに萎ゆ吾が股間

そつけなきやりとりばかり十三夜

椽ひとつ掌中に愛づなにかせねば

名残りの虫は吾が鎮魂歌《レクイエム》生きめやも

叱る子のなきはさびしも秋深む

自伝風に

私と俳句とのかかわり

俳句という魔性にとり憑かれたのは、はていつの頃のことか。小学五年生の作文の時間に俳句と名のつくものを作らされたのが初めてではなかったか、その時の句は今も不思議に記憶に残っている。

北風にみんながまるくなってゆく

この俳句は、しばらくの間教室の後の壁に貼られてあったように憶う。それ以後、俳句は私の前から消え失せていた。再び俳句が私の前に現われたのは、昭和十三年上京し、工場の寄宿舎に入所、友人も知人も居ない淋しさに耐えていたときである。ふと眼に触れた新聞俳壇の次の一句、

弟 は 危 篤 車 窓 を 駆 く る 月

高浜虚子選のこの一句は孤独さに追いやられた田舎出の少年である私の心に痛烈に焼きついて離れなかった。見事な映像であると思った。俳句を作ってみよう。ノートと鉛筆を身近に置いて作句を始めたが、俳句のことを何も知らないで、只、五七五と指折り数えて文字をつらねただけだった。

或る日、書店をのぞくと、少年少女専門の文芸誌が目についた。「若人」「若草」等々、それらの雑誌には、詩・短歌・俳句、があった。手当り次第に投稿した。一年程経って気がついたら、詩や短歌は入選し、誌上に発表をされたが、俳句はすべて没であった。

俳句が一番むずかしい、一番高度な文芸なのではないかと、勝手に思うようになっていた。そんなとき、文芸雑誌の俳句欄に初めて特選に推されたのであった。天にも昇る心地であった。選者は岩田潔氏。入選句は、

旋 盤 に 黙 禱 ひ そ と 霜 の 朝

やったーと思わず快哉を叫ぶ。直ちに雑誌社に手紙を出し、岩田潔先生の住所を教えて

もらって、入門をしたい旨の手紙を出した。折返し岩田先生から葉書が届き、私は教える程の者ではない。しかし俳句を学びたいなら山梨県から出ている飯田蛇笏先生の「雲母」に入る様にとおすすめを受けたので早速入会し、雲母に投句を始めた。当時の雲母は一句級も一頁一段組、相当な数であったが、運良く初投句が一句入選した。結社誌に初めて一句載ったのが雲母であるのも、私にとっては忘れられない思い出である。当時の筆名は剣持正となっているから、その当時の雲母を調べればそのときの句もはっきりするのだが、今は調べる手段のないのが残念である。

戦局は次第に激しくなり、俳誌の発行もあやうくなりつつあった時代である。

同じ頃、職場の俳人達に誘われて、「俳詩時代」とか「ちまき」とか「草汁」等にも投句を始めたが、戦局の拡大によって雑誌は途絶えてしまった。昭和二十年五月の空襲で家を焼かれ群馬に疎開、再び俳句は私の手許を離れることになる。

戦後の混乱期には各地に文化運動が起った。各地の市町村では文化連盟が軒並みに出来た。私の住む渋川市（当時は町）にもそれが出来た。その文化連盟の俳句部へ入った私は、その第一回の俳句会に出て高点を得る。それをひとつの契機として群馬俳壇への第一歩を印すことになるのだが、そのときの一句は次の通り。

歯磨きの粉散り秋の雲ゆらぐ

北毛文化連盟俳句部で知遇を得た、南雲信也・高橋埴南・萩原洋燈らの助言を手がかりにまっしぐらに俳句への深入りが始まったのである。まず手始めは、無季容認を唱える瀧春一の「暖流」に入会、戦後俳壇への第一歩とした。一方職場の国鉄（高鉄局管内）には、加藤楸邨がしばしば来会し、楸邨の影響が強かったが、天邪鬼の私は「寒雷」への誘いをさけて暖流で冷飯を喰いつつ、その後、田中午次郎の「鴫」の同人に参加をすることになる。

しかし、それも束の間、鴫が休刊休業となり、縁あって榎本冬一郎の「群蜂」同人に参加するが、ここも長くは続かず、冬一郎の口添えを得て石原八束の「秋」同人となり、今日に及ぶことになる。

一方、県内に於ては昭和二十五年から俳誌「やまびこ」を創刊し、俳句の作り手を育成多くの俳人を世に送り出す作業を繰返し続けた。ささやかな俳誌「やまびこ」を発刊することによって、自己の所属する結社以外の先輩俳人の知遇を得たことは俳句文学に志す私にとっては千金にも価する倖であった。ちなみに、古沢太穂・和知喜八・原子公平・金子兜太・渡辺七三郎・秋元不死男・石川桂郎等々の諸先生には初期の「やまびこ」時代より厚遇ご指導を給わったのを忘れることは出来ない。

いってみれば私の場合、俳句に対しては、まことに早熟であったようである。なぜ、こんなにも俳魔にとり憑かれてしまったのか、どうにも説明はつけがたいのだが、別に後悔もしていないところをみると、俳句をやるために生れてきたのではないかと、今は只強くそう思うだけである。

俳誌「やまびこ」を創刊して四百号が今、目前にある。その間三十六年の歳月を要した。三十六年間に私の身めぐりを去来した俳人は数えきれない程に多い。有名無名、休俳、死没、とその境涯はさまざまだが、その一人一人に私は暖かい思いを抱かずには居れないのである。

一師一誌

一師一誌ということを最重の要めにして俳句を学んできたことを私は誇りにしている。この考えは戦後、俳句の出発点としたときから今も変っていない。

戦後すぐに無季容認を唱えていた瀧春一の「暖流」によって学んだ。このことは瀧春一にべたぼれをして入会をしたというわけではなく、たまたま同じ俳句仲間に萩原蘭風が居て（現在の萩原洋燈）南雲信也・高橋埴南・山田博史等と共に暖流北毛支部を結成、それに参加したにすぎないのだが、ともかく暖流一本にしぼって六・七年お世話になった。

その頃国鉄関係では畏友荻原水郷子が居て、しきりに「寒雷」をすすめて呉れたが、一師一誌を楯にして遂に寒雷に入会をしなかった。

さて、その暖流をやめるいきさつは至極かんたん。私の所属する動力車労働組合の機関誌の俳壇選者（年度賞審査員）に「鴫」の主宰者、田中午次郎がなり、労組の年度賞に私が入選し、俳誌「鴫」を贈られたことを機縁に、千葉中山の寒麦亭へ伺候し、そこで庶民派俳人田中午次郎にほれこんでしまい、鴫同人となり暖流を抜けることになった。その時の感激を次のように詠っている。

冬太き幹により立つときぬくし

鴫では午次郎先生の好遇を受け、作句にも拍車をかけた。そんなことが認められて第三回鴫賞もいただくことが出来た。後にも先にも私がもらった結社賞は鴫賞だけなのだ。

田中午次郎の好意で新俳句人連盟にも現代俳句協会にも籍を置く結果になり、石原八束・古沢太穂の二氏とも知己を得た。さらには「俳句研究」の編集部にも知遇を得、石川桂郎・浅沼清司のお二方ともご交誼を得る。今日俳壇という場所へ曲りなりにも足を突込んで居られるのは、田中午次郎という師があったればこそと感謝している。その「鴫」も十周年以降休刊となってしまい、私と鴫との糸はここで切れてしまうのである。

その頃、榎本冬一郎門下の東たけをが渋川に来られたことが機縁となって、榎本冬一郎を川原湯温泉に案内した。川原湯温泉で冬一郎が詠った一句。

岩と水岩と水俺ら固い木の実　冬一郎

に共鳴、「鴫」休刊中だけという約束で「群蜂」同人に参加することになる。冬一郎の古武士的風貌と男性的な気ッ風が、私の心に強く作用したからに違いない。

群蜂では鴫ほどに作風が一致しなかった故もあって、なんとなくお義理のように数年を過したにすぎないが、冬一郎氏が暖かく遇してくれたのは有難いと思っている。群蜂時代に知ったのが、川崎三郎・中嶋秀子・松井牧歌・東たけを等の青年俳人であった。

昭和三十九年一月、現代俳句協会新年会の流れで、世田谷区上馬に住む石原八束氏のところへ榎本冬一郎・佐藤豹一郎等と共に押かけ、酒宴の最中に冬一郎が「未灰君、君は八束さんの秋に入会しているのになぜ作品を出さんのだ。まことにけしからん。」とまじめ顔で言う。すかさず八束氏が「いや未灰さんはいくらすすめても、いまだに秋には入って来ないのだ。」と強く否定し、両氏は声高に笑い合った。そこで私は一師一誌を強く主張したことを憶えているが。……ともあれ当時も「鴫」は休刊中、群蜂には籍はあるが出句なし、冬一郎氏とすれば遂に群蜂は退会し、秋に入会していると思っていたのだった。

なみなみと注いだ盃を一気にあけた冬一郎は破顔一笑。「本日只今より群蜂退会、秋へ参加せよ。八束さん未灰の面倒をよろしく頼む。」ということになったのである。爾来、今日まで私は「秋」の同人として、石原八束門を認じているのだが、思えばいろいろと廻り道をしたものである。

あとがき

現代俳句協会編、現代俳句の一〇〇冊シリーズに参加する栄をまずは感謝申上げる。

さて、シリーズの方針では既刊句集をも含めての意向である。

私には第一句集『傾斜』第二句集『半弧』第三句集『独語』がある。さすればそれらから抄記して一集を成さねばならぬわけだが、敢えて第三句集以後のものをここに集めて第四句集の形をとったが別に他意はない。別して云えば折角句集を出すのであるからという思いと過去に執着しないという気持の表れがかくならしめただけのことである。句集名の「刺客」も集中の一句「刺客待つゆとりのごとし懐手」よりつけた。

幸いにして女流俳人の高峰、中嶋秀子氏のご好意を得て貴重なる解説を戴けたことが、私の貧しい句業に花を添えていただけたことと深く感謝申上げる次第である。さらに出版部長の村井和一氏からは格別のご配慮を賜った。記して深謝申上げる。

吉田未灰

付記：全句集編纂に際し、中嶋秀子氏の解説は割愛させていただいた。

繹《えき》如《じょ》

平成六年五月二十二日
本阿弥書店
四六判　函入　三〇〇頁
定価三五〇〇円
収録句数　七九三句

仏法僧

昭和六十年

久闊や霜夜声立つ鳥けもの
さみしさの極み声なし菊枯るる
籾干してたばこ屋店を半びらき
桂郎の忌を忘じゐて深酒す
八方に敵霜柱ざくと踏む
冬ふかむ書斎ごもりも憂きことぞ
倚れば冬木にちちははの声子らの声
烏賊漁の灯のぷかぷかと双手寒む
大熊手ふりかざしゆく小ざかしや

炉話のせんじつめれば愚痴なりし

焚火の輪ぬけでてうしろめたさあり

鐘韻のをんをん凍ててひびきけり

香山子句碑祖霊の地に建立

寒土用祖霊と句碑とならみけり

妻眼を患らう

妻病めば冬かぎりなく重し暗し

寒芹の青を飽食してあまねし

氷哭かせて黒づくめなる採氷夫

結氷の湖真中より哭きはじむ

雪しぐれ三国馬子唄きこえさう

鬼やらふ徒食の指に豆余し

午次郎の忌なり一枝の梅手向く

重なりて蟇の雌雄となりゐたり

蛇穴を出づ二枚舌すでに吐き

山繭の透けてゐしかばおぼつかな

麗かや新婦が歌ふあべまりや

進藤恵美子さん結婚

青き踏む坐りぐせつく膝なだめ

はくれんや心たちまち喪に入れり

辛夷咲く峡は空より鎮むべし

亀鳴くや糊口をしのぐ詩づくり

石門を抜けきし蝶のたけだけし

妙義さくら祭

蝸牛の濡れあと光りらりるれろ

松蟬やのぼりつめたる男坂

老鶯や帰路に選びし女坂　須田優子の墓前に恒子・みゆき・好江・いし子等女流と詣でる

夭折の女流の墓の茂り合ひ

竹落葉六道輪廻くりかへす　良珊寺

糸つつと曳きて毛虫の自在なる　ぬかるみ俳句大会にて

大手毬武者のぞき窓朽ちてをり　秋田角館

呆け石蕗馬つなぎ石の穴に風

ふるさとの山にあらずも青嵐　渋民村

少年期の啄木がゐて茱萸咲けり

竹落葉那須の神々風に浮く　創作の旅講師として黒羽行

蛇苺芭蕉もここを歩みしや

仏法僧きくべく闇に息こらし　奥三河鳳来寺山周辺

霊園の滴りをきき夜鷹をきき

仏法僧鳴かず背闇にけもの声

眼が馴れて妻が見えくる青葉闇

菩提樹の実の幼なくて寺領寂ぶ

産みの足掻きの森青蛙泡まみれ

樹上より泡まみれなる蝌蚪つぶて

長篠城址　三句

鳥井強衛門磔死跡とや草矢放つ

一の瀧武将の首を洗ひしや

勝頼の無念の逆さ桑も実に

白葉女先生忌日

ほほゑみの面輪あぢさゐの奥にかな

苔雨氏父君逝く

梅雨夕焼十万億土遠からむ

麦焼きの炎やあきらかに地獄変
日傘より妻が現れきて安堵せり
褒貶にとほく白地を着て坐せり
汗と涙と出区機関車どこも汚れ　終戦日回想
胸中にほろびの詩句やいなびかり
秋立つや詩とならぬものあまたたび
蛇穴に入るや身めぐり寂として
ふたりめを身籠つてをり胡麻咲けり
鐘撞いて山の涼気を呼び覚ます　福島支部錬成会
萩に触れ芒に触れつつ女旅
がまずみの紅き実を指す女ごゑ

兜虫手に山径す沢道す

一の瀧五の瀧あとは数へざる

香山子さんを悼む

虫声につつまるるべし眠るべし

喪ごころの片身を霧にしめらせむ

箕輪城趾

虫しげし落城悲史の井のほとり

榛名湖

山際のくらみてつるべ落しかな

息太し馬車馬憩ふ草紅葉

井上黙笑氏急逝の日は
奇しくも子規忌なれば

鶏頭の仲間となりて旅立つや

伊香保

散りもみぢ樹に倚りてなに思ひをる

黄葉散るや一と葉ひとはに一語得し

雪女郎

昭和六十一年

愚者吾れを見据ゑ高鳴く冬の鵙

己れ見えねば遠き冬木を置き去りに

雪女郎抱きたし抱けば死ぬるかも

寒月下鬼女ならずとも刃物研ぐ

雪嶺へさらなる雪の降りつづく

いぢめつ子ばかりのさばる冬日向

くるくるくると風の落葉の七転び

もの見えぬ輩ばかりや末枯るる

花すすき日照雨《そばへ》は利根の瀬に触れず

水上観光ホテル句碑

木の葉髪ひとに誇れるくせ七つ

月光を受く片頰を妻に見す

中田島砂丘　四句

剛直に冬の砂丘の疾風かな

砂丘寒し男歩めば女蹤く

沖荒るる冬の砂丘を鷲づかみ

沖寒し砂丘に旅の双手垂れ

生きものの声ありありと冬の旅

霜柱踏みゆく己が重みのせ

結跏趺坐すなはち寒に入る構へ

綿虫の渦中に沈む男の詩

平野氏より新鮮な牡蠣給わる

牡蠣啜り遠き汐鳴りを胸中に

笹鳴きと気づけり妻が傍にをり

歳旦の火を轟々とのぼり窯

黒凍みの道は師の道われも行く

八束氏へ

凍つるもの凍てて已れにかへりなむ

大寒や持病いくつをもてば足る

大寒や口もてほどく花むすび

厚着して寒の牡丹に嘲笑らる

毛ごろものをんな寄らしむ寒牡丹

手焙りへ寒牡丹見し手が寄り来

鹿肉を啖ひて炉辺の大あぐら

渾身に踏まふものの芽いくさあるな

亀鳴くと思へり絵そらごとばかり
ものの芽に触れたる指を拭かずをり
あたたかや方丈開きゐても留守
野遊びの婆ら子のこと嫁のこと
つちふるや能見てよりの足確か
初蝶の高くとべねば花に寄る
買物をたのまれて出る目借時

男瀧女瀧へ春まだ冷えし頬さらす
きぶし咲きぶつきらぼうに男瀧落つ
ふつくらと女瀧へものの芽がこぞる
初つばめ宿場名残りの軒格子

黒山三瀧周辺

かぎろへる中へ臆せず入りてしまふ
罪犯すごとげんげ田に尿りけり
暗き世や蟇出てなにを睥睨す
藤浪のゆれにしばしの疲れとく
視られゐて百足虫《むかで》ひらべつたくはしる
栃咲けり骨身削りて得し詩片
朴咲きて山の霊気を鎮むるや
山径をせばめてえごの散りしけり
ぬきんでてなほたをやかや今年竹
生きてさらして火色の牡丹白牡丹
牡丹百花十指のうちの一指にさす

若葉光蚕飼ひの村の戸ごと開く

二礼二拍手神となりたる若葉句碑

北橘村下南室の吉岡さんの庭園に「若葉風もうあくびして指吸ふて」の拙句碑建立さる

人妻に添はれて雨の花菖蒲

秘めごとのありありと見ゆ花菖蒲

蛙田に深入りをせしこと悔やむ

蟻地獄不逞の輩ども陥ちよ

青葉木菟涙もろきは誰が咎ぞ

桑の実や幼なごころの恋いくつ

沙羅咲くや朝の鏡に湖を入れて

木苺を喰ぶ郷愁と違ふあまさ

忍冬の香や沢音の遠くより

菖蒲田の手前の句碑にまづ寄らむ
草矢射てかつふしぶしの痛むかな
からす瓜の花の幾何学雨に解く
水遁の術はもたざり枝蛙
過去ばかり見せてへめぐる走馬燈
相聞の闇照しだす螢かな

庚申山句碑墨直し

露天湯へ階百余段青葉冷え
夜の青嶺来し火蛾なれば青炎す
白濁の夜の瀬夜鷹を鳴かしむる
火蛾せつに灯を恋ひ吾れら詩を欲るも

信州の秘湯山田温泉にて夏季練成会　四句

青蜥蜴そこより地獄谷展らけ

地獄谷野猿公苑

沢蟹の這ひ出し杣路滴れる
緑蔭へましら泳ぎの子持ち猿
湯疲れの親猿子猿緑蔭裡
首塚を閲ぐまつたき草いきれ
川中島古戦場址
六文銭の供待ち部屋や太藺咲く
松代真田藩邸
炎天へ己が影のみ恃みとす
はたはたに行手ありけり鉄路錆ぶ
天の川生きてつまづく戦中派
秋めくや髪膚ささやかなる思ひ
初嵐川瀬も木々も身ぶるひす
女身仏濡らして萩の雨かぼそし

二男文夫急性肝炎にて入院　三句

秋しぐれこころ濡るまで歩きたし
秋蟬のしんしんたるに子を見舞ふ
虫鳴くと病む子へこころ馳せゐたり
病む子いかにほそぼそ鳴ける虫いかに
蓑虫の糸のからくり見え隠れ
鶏頭に寄りたるは恥部隠すため
草木湖へ風の芒のひとりごと
跳ぶための大芒原白皚皚
相姦やはがねなしたる芒叢
芒原刺客ひそめりずいと入る
貌失へば月の芒の殺気だつ

芒の刃押し分けて吾も放浪人《ボヘミヤン》
百物語りのうちのひとつの芒原
天の川なだれて芒原ほろぶ
秋めくや丈余の瀧のすき透る
船尾瀧　二句
冷ややかや瀧のしぶきを妻と浴ぶ
釈然とせぬ歩を虫の只中に
凡庸や月光にまづ己れ濡れ
なめくぢり脱兎の文字は誰がために
ちちははの記憶は貧しやぶからし
愛されて愛してけふの菊日和
妻の甥明君結婚
黄菊白菊保渡田日和となりぬべし
舟水さんの句碑除幕

蟬穴

昭和六十二年

沢渡より暮坂峠

声にしてしまへば褪せる谿紅葉

小雨といふ村を望めり朴落葉

篝火へ秋蛾狂へり薪能

高崎白衣観音建立五十年記念薪能　三句

怨霊の能の知盛火蛾狂ふ

薪能終ふくらがりのそぞろ寒む

無患子の実を拾ひをり意味はなし

二の酉の近道を行く築地塀

傾けて妻にさしかく時雨傘

ねぎらひの言葉あらねど除夜あまねし

間引絵の鬼女枯原を漂へり
大いなる乳房枯木に吊りてみむ
枯山へ向きだんまりを決めてをり
悴みて意中の詞《ことば》胸に捺す
白息す阿呍確かに生者のもの
二兎追ふの愚やさんらんと雪降れり
一月の大嶺へ鷹の逆落し
遠景の冬木まつたく無視されをり
読初めは詩歌にあらず自殺記事

仲人をせしヨセフィ君・裕子さん一歳八ヶ月になる長女舞子ちゃんをつれ年始に来る

舞子来て五日の賀詞に英語の歌
数へねど悪事露見の雪ほたる

新年大会の翌日福島支部の人らと水上の拙句碑を見に

雪山へ貌さらしあふみな仲間

雪を被し己が分身の句碑凍つる

雑木山ばかり上州の冬粗らし

冬とぶ穂絮ひかりの糸は曳かぬなり

五風十雨とや欝々と葛湯呑む

風邪妻にかしづかれゐて風邪心地

大寒の溝跨ぎ出づ敵いくたり

蝌蚪寄りぬ気弱き者ら徒党組む

妻の母十七回忌

白梅へ忌日の香を焚き燻らす

涅槃図に百足哭きをりどれが手ぞ

石に坐しかげろふに消さるるか

老残の躬へ容赦なし黄砂降る

亡妻二十三回忌

子ら孫ら彼岸の墓地に溢れをり

野火追ひの黒衣韋駄天走りかな

棚下不動尊春祭　四句

奥宮の瀧へ芽吹きの磴垂直

岩窟をなす不動堂きぶし咲く

瀧の水汲む堂守の春焚火

芽吹く山へだてて男瀧女瀧あり

如来より菩薩にそそぐ花明り

狂乱のかの子久女を花に擬す

初花をみつけりふところ手をとかず

馬道はじぐざぐ登り山ざくら

朝ざくら脱糞の牛長鳴きす
飲食に夜ざくらに飽き火を焚かな
吾もいつか天平びとやかぎろへる

上野国分寺遺跡　二句

語り部の後に蹤きゆき花を賞づ
幼なければたんぽぽの絮吹ききれず
樟若葉代官墓地の由来書き

上州岩鼻代官は善政の人。国定忠次の代官所破りは講談の虚構なり

葉ざくらや堰の洗ひ場石造り

城下町小幡　三句

織田七代の墓しんと在りさくら葉に
牡丹の咲きくづるみし仏見し
神仏に加護夜ざくらに不倫あり
いつか吾を乗せてをるなり花筏

水菜洗ふ水をこまかくふりわけて
無縁精霊碑よりふはふはと蝶生る
花うつぎ小旅も傘を手放せず
点滅の螢火は呼《い》吸《き》生きる証し
蜂とぶや翅の微光を野に放ち
悪疫の噂植田を突走り
蟬穴いくつ神域侵しつつあらむ
とうすみのかろやか軽み求むべきか
沙羅の花来し方なべて出来心
夏葱のほつそり恋のやまひかな
灸花ひと日疼けるひざがしら

群馬町大平山徳昌寺

217　繹　如

虎杖の花霧粒をふりほどく

軽《か》鳧《る》の子の親を真似ての浅潜り

夏蚕飼ふ家の灯りの外に及ぶ

やや暑き銀座高階人を吐く

夏めくや銀座歩むも五七五

天道虫だましでこの世終るらし

太宰忌の雨ならばよし濡れてよし

瀧行の白衣乳房の透けて見ゆ

はたはたの圏内を出ずじまひかな

新峯句碑へ夏蝶も来よ蜂も来よ
前田新峯句碑建立

螢火のはた遡り闇を顕つ
月夜野町ほたる祭　三句

妖かしの螢火のはや燃え乱れ

山近く濡るる螢火とびちがふ

詩を成しし手もてまくなぎ打ちはらふ

沢渡　二句

星合の日の沢渡の初ひぐらし

放屁虫遁走の屁のいのちがけ

川鴉瀬潜りに飽き歩きだす

瀧裏に居る間殺生界忘る

夜やことに女まじれば火も涼し

ほとけとのえにし深めり泉の辺

霊地への丁塚百余花さびた

三途川へ注ぐ川杭鵜をとどめ

日本三大霊場の一つ恐山は、一宗一派にとらわれず霊魂のよりどころとされ独特の霊媒者（いたこ）で知られるようにひたすら死者の霊を弔らう霊地である

恐山参道霊水

地蔵会や積まれし石のみなほとけ
地蔵菩薩と地獄見し貌涼やかに
供物ささげに婆々講一行汗ぬぐはず
一歩に死霊一歩にほとけ霊地暑し
石三つ炎天に積み霊とぶらふ
汗の手に石鍾《あつ》めほとけあつめむや
血の池地獄へ炎天の影己が影
地獄抜け来て極楽浜の風涼し
夕涼し魂呼びの供花岸にさし
火蛾ひとつ口寄婆の強訛り
廊涼し安居の僧の頭を剃れる

宿坊一泊

玫瑰や沖に散華の魂いくつ

みちのくの桃を両手にささげ喰ぶ

虚峰・きよしの二氏より福島桃贈らる

夏蝶の浮遊へ己が息あはす

饒舌の彼奴を泉の辺に置くな

茅の輪抜け濁世なにやら涼やかに

沼田須賀神社の茅の輪祭は九月一日　二句

爽やかや茅の輪にほのと茅の匂ひ

曼珠沙華燃やすものなき耳順以後

菊人形の袖のあたりは咲き遅れ

会津村

秋風や二の間三の間吹き通し

会津藩校日新館

新涼や素読の論語つけやきば

会津盆地の蓑虫鳴けよ父よ父よ

中の沢温泉

秋や夜の詞《ことば》飾らば男哀れ
花萎えし桔梗つんつんそつけなし
きつね萱ばかされまいぞ触れまいぞ
藤袴憂愁秘めし顔寄する
女郎花漢むんずと手折りゆく
なでしこや女人講中姦しき
花葛の香にとろけゆく壮年期
萩なだれ先ゆく女人消してしまふ
寺までの畦寺までの曼珠沙華
花野来し髪のなかまで香を満たし

長瀞七草寺

火恋し

昭和六十三年

夜霧這ふ運河無口になるかもめ　小樽

夜霧濃し運河は茫と灯を浮かす

多喜二碑のつるべ落しに妻と佇つ

秋景としてあきらかに舟見坂

いか喰うて函館の夜の波あらし　函館

立待岬へ海鵜羽搏てり波濤寒し

すさまじや海鵜群らがる礁岩

地獄谷もみぢ曇りをつのらする　登別

立ち歩き熊の子秋思つのらすよ

高崎五万石騒動の拠点
となりし上佐野西光寺
の大根焚き法会

竹法螺の肺腑をゑぐる大根焚き

農奴の血濃しや竹法螺を篝火に

一揆の裔もまじれる大根焚き法会

三瓶更花氏を悼む

一韻を大地へ吸はせ一葉落つ

火恋し妻を邪険にしてをりぬ

老いざまをなにに見たてむ枯葎

貨車売られ構内《ヤード》がらんど霜の声

生きものら生きる証しの白息す

霜の声しんしんしんと夜を刻みをり

界隈の翅虫寄らしむ花八ッ手

名目は二の酉詣で逢ひにゆく

趺坐解けばおどろ冷気の蹠うつ

鯣嚙むや父情はせつにこまやかに

風花や石仏目鼻消しはじむ

冬瀧の相好まさにくづしをり

悴かめば影も己れを離れけり

冬さびぬこころ喪中にあるごとし

冬菊の香のうすうすとよるべなし

踏み入りてもとのもくあみ枯葎

風花や七人の敵意中にす

真赤な嘘吐きゐても彼奴白息す

悴かむも跼むも咫尺あれば足る

阪東十五番白岩山長谷寺　三句

十一面観音いづれの面に梅見るや

石仏を撫できて梅の香まみれに

鐘撞いて梅林の空かぎざきに

ものの煮える匂ひ庫裏より藪椿

春寒し自販切符のたよりなし

かたまつて蝌蚪ら密議をこらしゐる

雪代や深谿は夜も滾ちをり　水上

蝶むすびに蝶舞はしめむ三好の忌

ネロの血の疼き夜桜を見し後も

夜ざくらや痴れごとの影二つだけ

夜ざくらに誘はれしまた口説かれむ

四月馬鹿生きなば死なば酒酌まむ
唇亨けて全身ゆるぶ四月馬鹿
穴出でし蛇の直線はた曲線
鶯鳴くや男の嘘とをんなの嘘
鴨帰り岸辺葦叢隙だらけ
雲雀野へ銀婚ちかき妻とをり
朴咲きぬ山路のかくも折れ曲り

武蔵竹寺　六句

新緑の山を細める竹めがね
竹めがねより老鶯のはみだせり
竹寺は筍ぐもり神隠し
新緑の山まなかひに竹めがね

竹寺や竹の器の木の芽和へ
蟻地獄病者地獄の始まれり
枝蛙せつぱつまれば跳ぶかまへ
雨の日のくらさあかるさ紅の花
罌粟剪りて呉れし女人を忘れめや
城沼の風と相搏つ朴の花
ぬつと出し蟇児雷也を乗せ給へ
兜虫いくさの記憶まだ失せじ
葭切や瀬波へ返す日の漣
思惟仏の思惟さまたぐなかたつむり
尺蠖ののぼりつめしは枝と化す

善長寺

釣鐘草風を得しよりもの狂ひ

一鐘の余韻夏霧捲きのぼる　牛伏山

火蛾搏つや老後あまたの税かかへ

捩子花の思慮や右捲き左捲き

夜干梅かくまで匂ふ貧にあらじ

死と会ひてきしまつたきの草いきれ

螢火やほろびの闇を殖やしつぐ

蟬穴のひとつひとつの闇深し

迎火や祖霊どなたも見ず知らず

盆棚の灯も鬼灯もうつつのもの

きりぎしに来て斑猫の思案かな

凜々しうて荒々しうて男郎花

人の死へ押し分けてゆく虫の闇

猛り鵙饒舌彼奴の舌を抜け

死神と虫音と闇を犯しけり

鰯雲夜も見ゆ旅にひとりあり

諾否決めかねてをり露に溺るるや

秋の炉へ寄りきていくさばなしなど

調理場の厚きまな板冷まじや

露けき日妻をいたはり酷使せり

民生委員ですつくつく法師です

久米明演ずる山頭火を観る　二句

吾亦紅行乞流転われになし

山頭火の背後さびしやちちろ鳴く

逝かしめし夫や虫音の遠ざかり

鈴木登志さんへ

十月初旬伊良湖岬の原生林に集結した鷹（刺羽）の渡りを見る　六句

鷹渡る伊良湖十月の雲疾し

目を据ゑて渡る刺羽へ双手組む

刺羽飛翔の岬全天を制圧し

円翔し上昇し刺羽天へ消ゆ

澎湃と夏鷹の列南指す

刺羽の渡り待つ秋暁の浜焚火

秋気澄む真闇の海へ身をはだけ

露けしや生き身といふも折れやすき

老醜も艶冶もなべて露けしや

木の葉髪詞芸にかまけ来し罪か

はたはたのすつぽぬけたる野面かな

柳津の刈田の上の虚空蔵

水澄むや塔のへつりへ身を踊め

塔のへつりへ老脚老手そぞろ寒む

落穂拾ひ重ね峡田に老ゆるらし

地価あがる蚯蚓鳴く余地すでになし

足振つて泥田を出づる蓮根掘り

蓮掘りの泥まみれなる皓歯かな

冬鵙のせつかち鳴きをとがめまじ

霧幾重山幾重なほ歩かねば

会津柳津　四句

平成元年

人日の粥

字余りの如き枯木の枝を折る
霜夜覚め淫らごころを鎮めむや
爺婆のわづかのほまち注連づくり
葱さげて雪嶺の威に眼をそらす
手締して意中のだるま背にくくる
すぐ浮きて来しにほどりの無愛想
潜りたる鳰の行方は確かめず
年酒の酔ひまはりて来しか多弁なる
鷹一羽天上にあり松納め

人日の粥吹きこぼつ老いぬれば

人日の雨民草を哭かしむる　昭和天皇崩御・年号平成となる

雪となる遠嶺そびらに独楽放つ

冬すみれかく老いたるは妻か吾か

鴨撃ちし男火薬の臭ひせり

浮鴨を視つつ風邪の躬のゆらゆらす

ひらがなのやうなせつなさもがり笛

玲瓏の水琴窟や残り雪　伊香保さつき亭

鉄ごしらへの一本足駄藪椿　高尾山

笹鳴きや眷属三十六童子

吉井勇の墓ゆきどまり梅散りぬ　鎌倉　四句

寺守のすたすたと来て梅を嗅ぐ
五山十井鎌倉はいま梅さかり
山茱萸や矢倉言霊棲まはしむ
ひなあられ五指につまんで老いけらし
嫌はれ者の蝌蚪へらへらと浮き出しや
水琴窟を聴く春泥にひざを折り
春泥を来し飼猫のていたらく
岩戸かぐらのあめのうずめや花浴びて
火男の腰かろやかに落花浴ぶ
鍬耕胝の手力男舞ふ春まつり
享保三年と読めし野墓やかぎろへり

下南室太々神楽　三句

五体投地の子等土筆野を蹂躙す
河岸跡のあとかたもなし燕とぶ
手塚治虫亡し七彩の蝶現れよ
雀隠れ汚職隠しの彼奴ら死ね
蝌蚪生まれ汚濁の沼に手足出すか
薔薇五月わが生れし日ぞかく燃えき
趺坐のまましばらく木下闇にをり
緑蔭に長居して来し貌白し
青芒夜は死神を渉らしむ
おぼつかなげに軽鳧の子の真似泳ぎ
竹皮を脱ぐ石仏をまうしろに

老醜を擲つ草矢とばしけり

新樹燦々ライターの火のなほ燦々

孫学君より初めての月給にてライターを贈らる

金借りに出るさいさきの日雷

花菖蒲女人すらりと佇たしむる

暗中模索とや蛞蝓を匍はしめて

蠓の群舞をぬうと分け来たり

美空ひばり逝くあぢさゐの彩尽くし

雨のあぢさゐ茫と悲しき酒に酔ふ

梅雨深しきち女の怨のかくも濃し

利根郡川場村

そば処尾瀬緑蔭へこぢんまり

中村まさし居

沙羅の花旅にあらねど人恋し

船尾瀧

髭三日剃らねば居つく夏の風邪
暑き日や天皇相続税納む
緑蔭に来し一蝶の翅湿める
さくれて丈余の瀧の風狂ひ
夜鷹鳴く四万嶺は裾を瀬に浸す
青田風入れて通夜の座やはらぎぬ
文筆を糧とす半裸哀れとも
甚平の似合ふがかなし六十路過ぐ
全長をもて笑止にも蛇はしる
秋の蚊に血を吸はせゐて慈善ならず
八方に露七人の敵あらず

吾亦紅木道燧岳へ向き

虫声に歩巾いつしか合せをり

葡萄の種吐きゐて短慮とはいへぬ

葬列のうしろ乱るるからす瓜

石仏の知恵さづかりし袋蜘蛛

鶏頭へかしづく影も灼けただれ

手を湖に浸けて秋思をつのらする

草木湖

炉辺しんと深めり胡桃こきと割る

銀色の風を尾花が狂はしむ

胸中に炎や鶏頭を跨ぎ佇つ

優子忌や鵙の叱咤を頭に受くる

須田優子三十三回忌に
有志と墓参

身に入むや優子の一句座右に置く

火取虫　平成二年

草は実に蘆花休み石ほのぬくし　伊香保湯元

ふところに部厚き一書雁渡し

一書成し花舗菊の香を溢らしむ　根岸苔雨君句集上梓を祝ふ

吉兆の証し紅濃き唐辛子

空ッ風上州に生れ剛毅ならず

冬蜂の不如意の肢をもてあます

柚子湯出し妻をかたへにはべらする

雪礫にくしにくしと向けらるる

初雀とて鉄色や錆色や
行く手枯原五欲失せたるにはあらず
水琴のひびき聾耳へ枯木々へ
野火放ち少年野火の先を駆く
涅槃図の慟哭己がものとせむ
紅梅や鳥居の小さき穴稲荷
京菜漬はりはり齢かく重ね
翅虫とぶ三尺の穹二尺の土
寺のものなれば土筆も供物なり
鶡忌の鉄棒をゆり尻あがり
土筆野の夕景いつも母が居て

花どきの冷えまとひきて妻を抱く
老らくの息つつしむも牡丹の前
辛夷咲く達治の詩句をそらんじて
牡丹の一花ぐらりとひとの死へ
清水うきさん追悼
短夜や痴話なき夫婦とて親し
梅雨じめりせる打楽器の試し打ち
蟻右往左往してかつ落伍せり
飛燕一閃夕立雲の来つつあり
斑猫にとばれきされど行く当てなし
夜の湖の涼しさ伝ふ青芒
夜はことに私小説めく凌霄花

夏季練成会は総勢三十八名利根村吹割の瀧周辺吟行老神温泉一泊翌日は川場村の桂昌寺、岩観音、青龍山吉祥寺と巡り旧家移築のかたるべの家にて第二回句会をした

万緑を曳き吹割の瀧凹む

老神の湯に溺愛の火取虫

桑の実やきち女のうらみつらみ濃し

石仏あまた涼し人情濃き村や

鬼やんまの羽化しんしんと息つつしむ

炎天のさざなみたてて大揚羽

牛伏山　二句

緑蔭へまづ帽をぬぎシャツを脱ぎ

生きてゐる証し門火を焚き継ぐは

分校の子らのみ往き来稲の花

自負するはなに灸花火を強む

新涼や鍛冶の火花の方寸に

葡萄喰む龍太語録を諾ひつつ
八方ふさがり十方に虫音澄む
片蔭へ妻押しこんでいたはりぬ
谿ゆ捲く霧や樹を消し生きもの消す

日光　五句

男体山に霧湧き中禅寺湖に雨意
霧ごめの湖水むらさき鳥兜
岳かんば霧せんせんと身を縛す
樹間縫うてきし秋蝶の翅乾く
曼珠沙華墓穴まつさかさまに掘る
火の如き鶏頭を見き不倫見き
矢立杉すつくと秋気みなぎらす

榛名神社

榛名湖　二句

湖に手をさして秋思を深めをり

草紅葉湖波の寄すは哭くごとし

黄落や葬列の綺羅徐々に徐々に

田中かね代さん逝く

いたましや露ふりこぼつ木々の梢

平成三年

檸檬忌

わびさびといふにはとほしつるたぐり

枯葎まで歩をのばし帰途につく

木々は葉を降らせ続けり憂国忌

祝東風人君県文学賞受賞

菊の香や詞芸のみちのかく永し

川場村

白山茶花きち女哀れと咲き満つや

霜柱なにもたげむと寸のばし
女菩薩とまがふ妻居て懐手
白息こもごも噂ばなしの吹けばとぶ
憑きもののごと綿虫にまつはらる
敵視受く躬を枯原へ率きて来し
綿虫とぶ遠嶺ばかりに日がさして
かいつぶりうかぬ貌してひよいと浮く
呂律まだ確かや燗を熱うせよ
枯れ茫々うごめくものの吾もひとつ
雪中の雪吊ちからみなぎらす
しづかにゆたかに降る雪吾を埋めむや

秩父札所　四句

信仰にあらぬ逆打ちの詩遍路

蹠より凍つる結願石踏まふ

秩父困民党決起の鐘を悴み撞く

札所まだ遍路を入れず山眠る

啓蟄のつちくれを手にしたるのみ

引鴨の翔ちしと思ふまだ翔つらし

凡百の芽吹きの中の一名草

子持神社　双林寺　白井宿　三句

名残雪子授け神の足形寒む

春の鵙白井へ通ず坂三つ

堰に添ふ井戸に名のあり初つばめ

檸檬忌や梶井の倍を生きしのみ

亀鳴くや憎まれすぎてまだ死ねず

晴も褻にさくらあらかたちりぬるを

ひそやかに花影曳き立つ花女郎

春泥を来し児ねこそぎ洗はるる

竹落葉歓喜道祖の夢さませ

倉渕村　三句

陰《ほと》神を見し眼やすらふ姫女苑

斬首跡とや荒草と青芒

内室の墓は控へめ竹落葉

小幡　二句

尺蠖の偽体そろそろ見破らる

ディックミネ逝けり夏萩の紅淡し

上州の風かみなりを連れて来し

第十三回風雷文学賞受賞

手花火の輪にゐて齢忘じをり
妻にのみ見する裸や萎えはげし
青嶺夜々水たばしらせ鳥眠らせ
颯々と瀧吹割れて涼気満つ
ゆけど万緑ゆけど沢水髪膚冷ゆ
落し文だいじだいじに瀧の前
蟬穴のくらさ科めくひろしま忌
毛虫焼きし夜やむずむずと深酒す

利根老神　四句

花すすき泣く子負ふたろぶつてやろ
鰍突く少年首に箱眼鏡
水引草五人姉妹の相似たり

前田家法事に家人姉妹相集ふ

紫蘇の実の音たつ乾ききつたる日
曇り日の蝗あはれやめくらとび
高音鵙愚鈍な吾をさげすむか
叱咤せるごとく頭上に鵙一羽
葛咲くや颪をねぢこむ草木ダム
子宝の湯へ秋の火蛾妻を思ふ
妻病めば名残りの虫のかく細し
病む妻をこころに秋のへだたるや
夜や長し痛がる妻へ語気強む
落葉焚きをればちちはは浮かみくる
柿の朱色ささげ入院妻はげます

草木湖　一一句

妻居ねば古色蒼然と鵙の贄

秋霖の海おだやかに惟神《かむながら》　妻の叔母九十歳にて永眠神葬祭

焚火囲む　平成四年

紅葉且つ散るおみそぎの泉とや　日本武尊おみそぎの泉

秋夕焼帰心ひたすらつのらすも

立冬の退院妻へ靴履かす

花八ッ手に翅虫退院妻に嫁ら

松落葉踏むしんしんと詩語密に

老いさらばへし影大寒の地へ落す

褒貶の埒外にゐて焚火囲む

白息を己れの意志と別に吐く

鷹舞はすまほろばの天かく幽か

沢渡リハビリ病院に大友龍子君を見舞ふ

痛々しげに屈身腕曲病者に冬

寒に入る赤城寝牛の現るる頃

葱畑を過ぐ葱の香のつんつんす

唐沢慶子さん宅　二句

有笠山を窓より望み炉辺に坐す

冬木ら密に風が抗がふ麓村

病む妻に侍すもおろおろ冴返る

引鴨の寄れどさはれどそはそはす

明君長女初節句　二句

神妙に雛の前の兄おとと

雛よりその子見せたし抱きてくる

わが臍にちからもの芽の湧くちから
亀鳴くにあらず妻泣く夜なりけり
葦芽吹くやつさもつさの残り鴨
かげろふに坐臥くたびれし馬頭尊
芳次郎亡き鎌倉の花みもざ
鎌倉　二句
なけなしの銭洗ひをり春愁ふ
うすがみを剝ぐごと癒えよ蝶舞へよ
かぎろへばゆらめくものの中のひとつ
川音の芽吹きせかせるごとたかむ
草木湖周辺　二句
峡しづか初音一回こつきりに
万愚節貯金おろして妻に渡す

散る花に頬なぶらせて刺客待つ

鳥らみな水搔をもち花曇り

白井宿　二句

二の坂は城趾へ牡丹まだ咲かず

堰も井も宿場の名残りつばめとぶ

妙義

妙義嶺に鳶舞はしめよさくらどき

すひかづら咲く葬式が二つ出る

のそのそと蟇くらやみを裂きて出づ

蝸牛の角の長短どれがほんと

をだまきの花の濃ければ逢ふと決む

ひと憎むにあらじ晴天の蛇苺

朴一花錆なば己れ錆つくや

右の眼に夏蝶の黒いつめくらむ
吾が生れし日ぞ緋の薔薇緋の牡丹
蜘蛛の囲に彼奴をぐるぐる捲きにせむ
竹皮を脱ぐ禅刹の裏手寂ぶ　泰寧禅寺
草矢射てまつたく水平思考たり
からす瓜の花の放埒古稀ちかし
天道虫だまし己れを欺し生く
老神の干支湯めぐりや夜鷹鳴く　老神　二句
吹割れて瀧十方へしぶきけり
緑蔭へ唯々諾々と老いどちら　牛伏山　二句
茫々と遠嶺まぢかにほととぎす

けら鳴くや千手菩薩のてのひらに
ひまはりの巨花に覗かれつつ尿る
女の息意識す螢消えし闇
滴りや慈母観音の乳のあたり
兜虫の鎧ふはかなしはがねの四肢
燃え百日萎え束の間やさるすべり
沢蟹の朱のすずしげに横泳ぎ
ありつたけ鳴きたつ蟬の木に寄れば
立ちくらみして炎天の樹をつかむ
蟬穴のくらければまた出てきさう
蛇がゐて女ゐて吾が近づけず

竹煮草千里来しごと疲れけり
ここ行けば鳩待峠葛の花
草蜉蝣の翅音はかなげ吾もはかなげ
びつしりと露ぎつしりと日程詰め
雁鳴くと妻つと立てりつられ立つ
秋や夜の瀬音すずろに闇ひろぐ

利根　二句

坐せばルル立てばルルルル邯鄲澄む
曼珠沙華わが死ぬる日も燃えさかれ
かなきり声の鵙低音の鴉わらふ
秋や夜の火を消しにくる山蛾かな

榛名湖畔　三句

虫すだく湖水は闇を育くめり

秋あざみのとげとげ已れ傷つくや
妻も吾も秋思の刻を違へをり
放牛へ甲斐駒ヶ岳霧がくれ
石榴裂けこんこんと詩韻湧けるべし
諏訪湖よりの風に秋思の貌さらす
湖に浸けし手を胸に組む秋思とや
楸邨知世子連理の句碑に触れて秋思
木の実落つ音の奈落へ身を踞む
霧沁みの腔中へ濃きミルク流す
躬を捲いて霧寸きざみ疾く流れ
経堂の奥のくらがり秋気満つ

やまびこ錬成会小渕沢より上諏訪へ　八句

足利ばんな寺　二句

義康・義国の墓ひつそりと木の実落つ

八ッ手花季　平成五年

冬鵙の覗き鳴きせり覗かする
八ッ手花季翅虫あらかた出そろへり
右眼より左眼に鮮し冬さくら
穢れたる息つつしまむ冬さくら
峰越えの風冷ややかに冬さくら
石仏のにんまりしたる枯葎
吾が影と枯木の影と重ね歩す
わが名末灰生くかぎり踏む霜柱

鬼石さくら山　三句

柚子湯出て老醜隠し果《おほ》せしや

雪上にけもの跡ありそを蹤かむ

去年今年手を裏返すだけのこと

去年今年丸太のごとき躬の置き処

三日はやしがらみづくめ出費づくめ

冬妙義かくも峨々たり睥睨す

妙義山行　九句

鷹舞ふや絶壁なせる鷹戻し

嵩なす落葉いよよここよりけもの径

枯木々に影あり己が影もあり

鴛鴦一羽二羽三羽翔ち湖翳る

浮き出でし鳰濡れいろの瞳もて向く

白息の吾らを遠ちに鴛鴦睦む
雪虫の綿白ければ指につまむ
刃のごときつららら舐めつつ峡を出る
まろまろとととんで親しも寒雀
二日はやひとの悔みに黒づくめ
凍瀧のしんそこ凍つや黙すのみ
この村に生れて老いてちゃんちゃんこ
ひと焼きて来し手おのづと梅に触る
引鴨となるべき鴨ら瀬に集ふ
つちふるや騎馬民族の裔ら老ゆ
薄氷に触れし指もて人をさす

親しみの証しの足形春泥に
謀りごといくつ蛙の目借時
梅林の入口一つ出口三つ
水温む杭のどれにも日がさして
梅寒し宿場裏道坂三つ

白井宿　三句

城跡とおぼしきあたり野蒜生ゆ
堰も井も書き割のごと陽炎へり
傷なめし猫夜ざくらの樹下に居る
梅寒し翔ぶものあらば胸貸さむ
蟇交むこの山中に老いけらし
草津白根より逆なでの木の芽風

草津ＢＳ俳句会参加
五句

もののの芽の遅速草津に入りてなほ
草津冷ゆものの芽の遅速あからさま
芽吹かざる木々のみ鬼の茶釜沸く
カメラより解かれ春炉にちから抜く
山吹の一重ひらひら生地を過ぐ

中仙道坂本宿

水馬のすいすいはねて水輪百
牡丹を数ふ七十以後うやむや
白は毅然くれなゐは艶牡丹散る
菖蒲湯に萎えしふぐりのあからさま
殺意あらはに眼前の毛虫打つ
蟻が攀づ吾が前のものの吾が望むもの

日盛や訃の告げらしき二人伴れ

柚の花や納屋にさされし鎌二丁　岸彩さん宅

薔薇に棘汝に棘寄らば刺さるべし

火蛾狂ふ吾も狂ひたし乱れたし

斑猫より先にゐて道不案内

鎮西八郎為朝となり草矢射る

日表に出て夏蝶の炎となれり

しんしんと霧生けるごと青嶺這ふ　榛名湖　二句

夏霧にひた濡る旅愁とは違ふ

空蟬を砕き傷心の身の降《くた》つ

妻抱かぬ夜は蚯蚓鳴く鳴かせおく

喪の知らせ受く青ぶだう房長し
葛の葉の裏返るべし花見すべし
右手に児を左手に妻を秋夕焼
虫すだく菩薩のごとき妻抱けば
闇に眼を凝らし看とれり蚯蚓鳴く　西山由子さんに
冷夏てふ沸かぬ田水に業にやす
盆燈籠廻る涼やかにはかなげに
先きゆくは母の霊かも走馬燈
葛の花甘く酸ゆかり少女期過ぐ
子をあやしつつ青田まで来てしまふ
虫すだく身辺とみに忙しなく

忍法に水遁土遁台風来
身に入むやなにせむとして外に出でし
胡麻殼を焚くや子をなし峡に老ゆ
馬子唄はかなしさはさはと黍熟るる
自在鉤のみの炉のあと虫鳴けり
踏み入りて全身だるき花野かな
水引草一糸ももつれなかりけり
貨車越えて来しはたはたの行き止り

利根　三句

うごくものうごけばゆらぶ露葎
芋水車堰のみ残す宿場町
南無一歩つくつく法師背に肩に

群馬地区現俳協吟行会にて波久礼羅漢山へ　四句

百態の羅漢秋草のかく密に
まだ青き木の実羅漢ら相くづす
野葡萄の熟るるに誰もふりむかぬ

やまびこ錬成会にて下北半島を巡る　尻屋崎四句

燈台の白へ女人のしぐれ傘
岩に波濤しぐるる海の重く暗し
秋霖や尻のみ見する寒立馬
寒立馬駆けず磯菊の辺をあゆむ

恐山　五句

霊浄の地のすさまじや吾も亡者
口寄せの梓巫女《いたこ》おぞましうそ寒し
もみぢ血のいろ地獄ごくらく身の内に
石積めば仏つまねばうそ寒し

摩訶菩陀羅摩尼恐山冬隣

ほとけの名冠せし岩や秋寒し

朴落葉仏ヶ浦へ坂がかり

岩は仏に人は秋思にさいなまれ

奇岩あまた仏にみたてうそ寒し

仏ヶ浦　五句

如来の首も十三仏も冬隣

秋波濤船首の吾ら濡らしめよ

茶の花の白まろやかに一書得し

子のための詩句重々し花八ッ手

志賀敏彦君句集麻痺羅

漢上梓に二句

旅愁ほどほど栗の実いくつ拾へば足る

あとがき

このたびの句集『繹如』は『傾斜』（昭31）『半弧』（昭44）『独語』（昭55）『刺客』（昭61）に続く第五句集である。繹如とは長く続いて切れないことの意で、私の作句への指針でもあるが、このたび主宰誌「やまびこ」が創刊五百号を閲したことを記念して上梓に踏み切った次第である。本句集は昭和六十年の「仏法僧」から平成五年「八ッ手花季」までを九章に分けて編んだ。当然のことながら昭和六十四年は平成元年とした。

俳句は持続の文学であるという説を、かたくなに今日まで信じ、やまびこを創刊し四十四年、五百号を数えるに至ったが、吾ながらよくもここまで続いて来たものだなと、いささかの感慨がなくはない。日常些事の中から自然との触れ合いを眼前触発として把え、十七字音の中に己れをさいなみつつ、刹那に詠いとめるという手法を今日まで連綿と続けて来たが、果たしてこの執着は何であったのか、未だに結論めいたものはない。が、しかし、いま、『繹如』一巻を上梓して思うことは、私の生きて来た証しの数々が、まぎれもなく露呈しているといえば、いえるようでもある。

齢、七十一歳。最早や人生終着駅もすぐそこにあるやも知れぬ。『繹如』の後の題を「無何有抄」として、すでに半歳になる。生きている限り俳句とは縁を深めて行きたいと願うばかりである。出来得れば八十歳を迎えたら第六句集をと願っているが、果たしてどうなるであろうか。幸い、このたびの句集の清記は、真塩キク江、岸彩のご両所の協力を得た。記して深謝する次第である。

さきに家人の句集『微笑』発刊でお世話になったこともあり、拙句集も本阿弥書店より出させていただいた。重ねて深謝する次第である。

平成六年五月

吉田未灰

無《む》何《か》有《う》

平成十二年九月三十日
本阿弥書店
四六判　函入　三五二頁
定価三五〇〇円
収録句数　九八九句

吾が守護

平成六年

村中の柿が色づく娶りどき

もみぢ晴れ湯元に蘆花の休み石

木犀の香を髪につけ閨に入る

吾が守護は阿弥陀如来やもみぢ冷え

葦刈女己が身巾に刈り始め

倒れぐせつきたる木の実独楽かなし

霏々と雪わが分身の句碑に添ふ

水上観光ホテル前庭の
拙句碑墨直し

炭焼きの煙かと問へばさう答ふ

吾が佇てば枯野の涯に影及ぶ

霙るるや越前蟹の甲羅すする

肥満なげくまじ霜柱うらむまじ

葱抜くや遠き雪嶺を真向ひに

枯菊を焚きゐてなぜかこころ寂ぶ

老骨へ誌齢五百の重さ凍つ

やまびこ五百号近ければ　二句

一代の詞芸過不足去年今年

炉ばなしのあげくは茶碗酒なりし

ほれやすき風邪神ならむ皆うつる

憑きものの落ちたるごとく瀧凍つる

親しさの割つて入りたる焚火の輪

崖つららひとの葬りへ近道す

水仙花螺旋階より人声す
首さして無念無想の浮寝鳥

世良田東照宮　二句
神域も寺領もなべて落葉焚く
神域を汚し冬鵙高鳴ける

群俳協組織委員会にて
忠治温泉一泊　三句
天皇誕生日赤城颪に耳削がれ
枯木らも仲間連衆連れだちて
日影雪置く忠治籠りし赤城山

身辺に弔多し
生くるは苦死は安らけし大地凍つ
一歩に沈む雪の深さのたよりなし
餅花や祖霊棲むてふ梁太し
占ひの灯も寒燈といふべしや

点火合図の左義長太鼓どぼどぼと

焼きたてのまゆ玉皺の掌にころがす

謀りごとあらず笹子の鳴くを待つ

赤城から吹く男風桑枯るる

強霜や政情とみにただならず

三寒の極みやひとの葬に蹤く

とことん枯原来し方なべて泣き笑ひ

百　三　十　五　齢　琴　瑟　福　寿　草

妻『微笑』上木を祝す

じつとしてゐて凍鶴と呼ばれけり

寒林の透けてうごめくもの置かず

薄氷の底見せはじむ山湖かな

かかあ天下といふ吹越を真向ひに
雪紐のしづり落ちさう落ちぬなり
雪明りなほせつせつと雪降りつむ
雪片を胸につけ来てひとの死へ

香風子さんより尾瀬狐の剝製贈らる

こんこんと雪夜鳴き出づ尾瀬狐

上野牡丹園　二句

藁囲ひより凜々と白牡丹
寒牡丹見終へし人ら手焙に

鎌倉散歩会にて　二句

まんさくや極楽寺坂なだらかに
春愁や井底の貌のそら恐し
荒東風や淋しきときも顔あげて
啓蟄の大地へしかと杭を打つ

神童もなれのはてなる富貴味噌
土筆煮てままごとめくよ老夫婦
ものの芽に囲まれてゐて勃起せず
甌穴の魚影ゆるやか水温む　四万川
もたれぐせ倚りぐせ哀れ青き踏む
腰痛の歩をおづおづと春泥に
いろいろの芽のきほひ立つ土のいろ
正直にがまずみの芽の二つづつ
木の芽起しといふおしめりのすこし寒む　尾島東照宮　三句
真言井を覗き芽吹きの空へ眼を
鳥影も咲かぬさくらの影もぬくし　瀧の慈眼寺　三句

隠れキリシタンの墓のかげより初蝶来

護摩の炉石といふを見るため青き踏む

牡丹の百花ゆれねば詩心なし

牡丹のゆるるに合はすごと歩む

火のごとき牡丹百輪かたづ呑む

牡丹千輪目移りのしてしまひけり

たかんなや折目節目を身の内に

負に賭けし躬や漆黒に夜の新樹

鳥けもの眠らせ夜の新樹密

摘みためしげんげ束ねて子に持たす

夜ざくらへ徒党組みゆく愚かしや

火を焚けば花の大樹の影艶に

堰の水疾し落花をとどめ得ず

老いわれら青きは踏まず半跏趺坐

きりもみにはた水平に竹落葉　良珊寺

七不思議の忠度ざくら四分咲きに

釈迦誕生の日やほうほうと土鳩鳴く　双林寺　二句

夜泣き桜哭くべし篝火を絶やすまじ　瀧の慈眼寺

四辺新樹に甘楽郡の傾斜畑　妙義町

いま朴は吾が眼の高さ息浄む

息つめて鳴らす草笛湖畔昏れる　榛名　二句

蛾の輪舞《ロンド》誌齢五百への輪舞

一呼吸して緑蔭を出て来たる

忘られてゐて父の日の冷奴

夏霧に捲かれて自縄自縛かな

火の記憶のみ鮮やかや夾竹桃

夾竹桃は被爆の記憶飢ゑの記憶

茂りよりなにか出さうやなにも出ず

蛇泳ぎ川波ぎぎぎと締まりけり

半夏咲き半農かくもていたらく

家系などいふも愚かし茄子漬ける

六月二十七日伊藤白潮句碑船橋市天沼公園に建立除幕。式典に際し船橋小の児童合唱団の祝唱あり

句碑除幕天降る天使の声涼々

七月十日群馬県現代俳句協会吟行会あり。参加者九十名　室の八嶋より古峰原神社へ四句

木下闇ゆけば神ゐて人らゐて

蟻よけて水琴窟をかがみ聴く

斑猫になぜか待たるる待たせおく

まくなぎに片目ふさがる埒もなや

船尾瀧　二句

瀧しぶき受く俗身を折り曲げて

瀧音の六腑へ沁みて涼やかや

悼　梅田桑弧氏

最澄忌と知つてか桑弧逝きにけり

草津湯まつり湯汲みの神事　四句

女神涼やか湯汲み神事の佳境に入る

女神降臨白丁かざす火や涼し

女神降臨歓声と汗と闇に湧く

女神涼やか巫女かしづかせ壇上に

片蔭をひろひ歩きに訃の告げや

草いきれにむせとぶらひの最後尾
緑蔭へ無頼のごとく押し入りぬ
炎天の黒蝶疲れひくごとし
死は一度ひまはりの笑みふてぶてし
炎天へ焚火くゆらし葬り果つ
炎天領す喪服の黒と柩車の綺羅

長瀞七草寺巡り
女郎花青石塔婆弥陀彫られ　（真性寺）
藤袴とや吾が丈も及ばざり　（法善寺）
花すすき女人とあれば風起す　（道光寺）
柳儀斉の墓に詣でて桔梗愛づ　（多宝寺）
葛咲くと風なまぬるき寺の奥　（遍照寺）

萩叢のゆるるにまかす躬の疼き（洞昌院）

一願成就におよそぐはぬ撫子や（不動寺）

唐きび畑より少年兜太出て来しよ　幻想

蟷螂の斧借りて彼奴真二つに

虫しぐれ旅着は常の袖だたみ

曼珠沙華薙ぎ冥界を遠くせり

かまつかやうしろに敵視ありやあり

風の芒に孤愁の髪をゆだねをり

陋屋に木犀の香や老いざらめ

毬栗のとげとげ老いて鈍なるべし

胡麻干して札所いづこも留守がちに

奪衣婆の垂乳無惨や草もみぢ

草は実に生きてしことを嘲笑ふ

晩年といふを意にとむ草は実に

藤袴手折るに惜しき句碑の前

牛伏山吟行　五句

をみならにつく草の実をにくしとも

石の臥牛をんな貌とや野菊摘む

弱者吾に精霊ばつた音たてず

はたはたにとばれき歩く他はなし

毒茸蹴つて悪しき世そしるなり

晩稲刈る田のとびとびに人声す

用向きを告げにとびこす籾莚

衰へし右眼へ秋の雲疾し

吹割浮島観音秋祭柴燈護摩拝観　四句

悪魔退散先達が振る斧冷まじ

護摩の火の渦巻きたかぶ冷まじや

護摩火熾ん樹々の紅葉のなほ旺ん

護摩の火焔に秋思の顔を灼かれ退る

香風子さんより松茸を給はる

老夫婦に足らふ松茸飯かんばし

蓑虫の蓑の歳月風さらし

戒律のやうな疎林や叫らぶ鵙

山の子に遊び場多しあけび熟る

八束句碑

平成七年

黄落やそびらさびしら詩にかまけ

あきらかに火色薄暮のからす瓜

落葉踏み行けばさらさらさざなみす

眼前に綿虫うしろ隙だらけ

末枯るるものさびさびと躬を領す

狐火を見しといふ見ぬといふ

日移りをして彩あらたもみぢ山

冬の穂芒しろがねの糸曳きて吹く

山雀のふはととび翔つ枯疎林

まゆみの実どれもひしやげて小鳥来ず

から松の落葉きらめきつつ湖へ

伊香保・榛名周辺吟行七句

湖はものの逆しまに冬はじめ

無防備に笹子来てをり遊ばせよ

裏妙義の冬やいつそう寒からむ

ナポレオンの遺影うつすら通夜寒し

老いらくの炎や枯菊を焚きをるは

枯菊を焚くや火焔の奥になに

くきくきと凋落のごと蓮枯るる

老いてかつ日に五千歩や枇杷の花

背を当てて冬木といのちかよはしむ

外套の襟立ててより無頼めく

浮鴨のにつちさつちも諾へず

清水寥人氏を悼む

小説機関士ナポレオンの退職あれば

土工等の焚火の話題荒々し
夜焚火に葬りの後のもの燻る
峡深むほど霜柱寸のびて
川辺寒むはなればなれに鳰潜づく
罠かけて雪林泳ぐごと抜け来
わが干支の初雀なり餌を与ふ
どんど火の寄つてたかつて突つかれる
左義長の火攻め水攻めされて果つ
結氷の山湖びびびとひびはしり
枯木屹立わが来し方は見ぬふりす
吾が倚れば冬木も息すわが仲間

瀧凍ててしまへば動くもの寄せず
茫々と枯山蹌々と俺ら
枯れ無縫行きつくところまで師系
お世辞にも美声といへぬ寒鴉
眼つむればいつものの枯野展けくる
咳きて老いのきざしや枇杷の花
怒り鎮めむや大寒の水めつた打ち
白息をほうほうと吐きなに急くや
胸中の憤怒冬芽になごますする
餅焼いて男孤独をつのらする
冬牡丹見て息しづむ躬をしづむ

冬牡丹に触れし手誰にも触れさせぬ
躬のゆれを確かむるごと青き踏む
山姥の胸内恋うてやみそさざい
春愁といふかたちなきものを欲る
田ひばりの四角四面を好むらし
終ひの火の打ち据ゑられて野火消さる
野火追ひの追ひつめられしごと走り
啓蟄や虫でなくともはづみだす
蝌蚪すくひ来し少年に少女蹤く
熊撃ちの雪哭かし踏み声ひそむ
熊通りし後や無惨に木々裂かれ

点々と雪を血に染め熊射止む
雪上に血痕担ぎ来しは熊
炉を囲み大鍋に煮る熊の臓腑
呑んで喰うて熊狩り終へし榾火継ぐ
土もたぐちから確かやもの芽吹く
地虫出づるやそれぞれが都合つけ
春泥に莚敷きつめ嫁を待つ
ものの芽にひかりあるもの翔びたがる
さんしゅゆや祖霊を祀る石祠
右眼眠らせ左眼雪解の瀧とらふ
サリン禍の地霊鎮魂春の雪

海市蜃楼つオウム真理教黒か白か

羽あらぬことを恥づべし花下にをり

初花を探る愚かさ蜂に越さる

花冷の襟立つるさへ旅人めく

花びらの夜目にあきらか老いまじや

ふしぶしに痛み殖ゆるや啄木忌

青き踏む足腰たよりなかりけり

へらへらと蝌蚪かたまつてちらばつて

養花天世情さまざま人いろいろ

都知事府知事に思はぬ結果養花天

三鬼忌のさくら散りをりひひらひら

亀鳴くを信じ生き来し愚かしや
朝ざくら吐くよりも息深くして
夕ざくらさわがしき世を逃れむや
夜ざくらへ旅立ちのごと厚着して
転校の子を草笛で迎へけり
草笛が吹けて悪がき仲間かな
花影に花守のごと老婆をり
蘆花愛でし山ざくらいま散りそむる
句碑建つと荒磯を鳴らす松の芯
越前東尋坊荒磯遊歩道
に八束句碑建つ
三好碑に添ふ八束句碑青き踏む
卯月波海女の磯笛はぐらかす

菖蒲湯を出て壮気まだ四肢にあり
菖蒲湯を出てさつさつと老いけらし
熊ン蜂飛翔藤房をひきたたす
虻蜂とらずとは藤房に寄ることか
若葉光あまねし句碑は墓碑なるべし
紅花マロニエ町の真中を川流る
病葉やにんげん狂ひはじめたる
のうぜんかづら嬶天下の土地柄や
灸花むしれり男盛り過ぐ
印結び先達がまづ瀧に入る
瀧行の印字激しく空を切る

眼をかつと瀧の真下に髯の行者
瀧行の白衣を透けて乳房見ゆ
棒立ちの毛ずねたばしる瀧しぶき
息つめて瀧浴ぶ心経とぎれとぎれ
ゆるみくる歯の根瀧出て火に寄れば
麦秋を来てこげくさき躬を洗ふ
麦秋裡ぬけきて眼こそばゆし
あめんぼの高肢夏至の水たまり
たはむれに摘む蛇苺詩を肥やせ
磴五百登りきるまで夏鶯
十薬の花の十字を踏みしだく

田を植ゑて畦一と跨ぎして憩ふ
竹皮を脱ぐさはさはと闇ひらく
梅雨深し森の暗部をむきだしに
沙羅落花そのまうしろに誰か居る
妻欺しおほせて安堵七変化
ふくざつ怪奇信ずるはなし濃あぢさゐ
土蜘蛛に土のしめりの筒袋
つつと這ふ家霊のごとき夜の蜘蛛
甚平が似合ふに無役にはなれず
白地着て含羞の腕こまねけり
あぢさゐの濡れに躬ぬらし坂あへぐ

大平山あぢさゐ吟行

磴のぼるたびあぢさゐの濡れを受く
あぢさゐに雨愕然と晴れをとこ
あぢさゐ坂へ一歩そろそろ傘ひらく
晴れ男ゐてあぢさゐの濡れまじく

尾島町満徳寺　二句

青芒縁切寺といふ縁し
半夏咲くみくだり半といふ去り状

普門寺　二句

緑蔭裡学問寺といふしづけさ
蝸牛這ふ普門寺の樹々深し
くちなしの香の甘さこそ妻のあまさ
落し文ひらいて捨てて忸怩たる
からす瓜の花月光に身をよぎる

螢火や老いても燃ゆるもの欲す
恋ふもののあらねば淋しほうたるこい
螢火に触れし指なり握りしむ
妊らぬ女は弱し螢火追ふ
百日紅百日燃えき吾は燃えじ
水打つて生きとし生けるものゆらす
暑し暑きは日々のくちぐせ稿疲れ
流れ寄る萍数へゐて狂ふ
慟哭も嗚咽も錯誤暑の記憶　終戦日
につくきを意中に草矢つづけざま
蚯蚓鳴けとや身めぐりに訃のいくつ

小笠原伊勢男氏を悼む

立秋の天に道あり君発ちませ

妻の伯母陶山いさ様を悼む

あぢさゐやほほゑみのまだ消えやらず

吾亦紅霧の粒々押しひろぐ

羞恥とやぽつんぽつんと吾亦紅

草虱つけ来て犬に馴つかれし

咲きのぼることのよしあし胡麻の花

町中にありてあけすけ芋嵐

葬りへの道過ぐるまで芋嵐

爽やかや水より疾くもの流れ

吹割れてまがふことなく水澄めり

姿三四郎ひそむや芒原ゆるる

芒原へもんどりうつてしまひけり
尺蠖のいくつ計らば気のすむや
いなびかり邪教はびこる世をただせ
いまは亡き人のみ恋し法師蟬
村道もあらかた舗装曼珠沙華
一木を背に結跏趺坐虫音澄む
樹林逆しま湖面しわくちや雁渡し
水澄むと瀧は霊気をたたへたり
靴重きほどに霧粒視界ゼロ
爺婆のずいき干しをり嬬恋村
身に入むや生地に石の墓二つ

愁傷のそびらを鴫の高音刺す

魍魎も魑魅も芒野の闇にをり

オウム麻原八ツ裂きにせむ放屁虫

秋霖や消ゆるべくして消せぬ憂さ

理不尽なふるまひ許せ草虱

霧湧きてたちまち吾ら消してしまふ

末枯に踏みこみて悔すこしあり

風穴洞に地霊地の神冷まじや

雁渡し水さつさつと嶺々を出づ

蚯蚓鳴く

平成八年

佐渡相川町の一灯俳句大会に招かれ講演講評。同行十八名と二泊三日の佐渡吟行

晩稲《おくて》田《だ》のすこし残れり冬隣

願てふ地名しぐるる地蔵洞　（賽の河原）

石洞の奥ひんやりと石小法師　（賽の河原）

円明坊跡の閑寂龍の玉　（日蓮宗根本寺）

悲話哀話割戸けぶらす佐渡しぐれ　（金山）

金山奉行跡とや石蕗と冬ざくら　（金山）

岩礁《いくり》打ち汐みち満てり神渡し　（長浦）

秋濤のささくれだちて佐渡昏るる　（長浦）

汐満ちて燈台灯す長手岬　（長浦）

遠流てふ島の御陵の残り虫　（真野）

松落葉親子地蔵の寄り添はず　（梨の木地蔵）

深露や石の小法師ら寄せ合ひて　（梨の木地蔵）

あすなろの実に打たるるや石小法師　（梨の木地蔵）

一市七町二村佐渡郡おけさ柿

おけさ柿剝くや哀話に埋もる佐渡

新婦白菊新郎黄菊とこしなへ　石井紅楓さん二女結婚を祝す

露地日だまり八ツ手咲かしめ蜂寄らしめ

掌に受くるむかご生地に父母あらず

さびしめば秋冷指にまで及ぶ

神留守の二礼二拍手むなしかり

日かげれば枯山寒さどつとくる

枯湖畔波たたしむるたびに鳴る

枯山の日向ぬくとし日影冷ゆ
鴨ら寄り湖の明暗浮きたたす
枯蔓を引けば彼の世へ曳かるるか
寒星のときに得がたきひかりもつ
結氷湖夜も凜々と音生めり
枯野より己れはみだすまで歩く
まだ燃ゆる彩を保てり冬薔薇
ゆらゆらと向きさまざまや浮寝鴨
寒林に透けて札所の旗なびく
一月の枝々にある星の綺羅
去年今年紙一枚に表裏

村中が透けてくるなり括り桑
冬の大樹の裏側ぬくし試行錯誤
綿虫を摑み掌中ふくらます
凍て星に満身射られ裏切らる
五臓に沁み六腑ふるはす寒九の水
凍鶴の肢しなはせて向き変ふる
梅寒しどの駅柵も古枕木
梅寒し息もてためす鼓の張り
葬り後の穹がつつぬけ梅真白
友禅流しの杭も雪積む浅野川
軒つららどれも大ぶり加賀らしき

BS俳句王国出演にて
金沢市へ

鏡花生家へ雪のくらがり坂を選る

雪しづるくらがり坂を先がけて

茶屋町の「志摩」の切爐のこぢんまり

雪吊りの一縄はじけ雪しづる

亜星朴訥八束含羞炉を囲み
（小林亜星氏、石原八束氏と同席して）

沖はるかゆるる烏賊火や旅にあり

咳けば寄り来し妻も咳けり

湖寒し浮鴨波にゆふらゆら

着水の鴛《を》鴦《し》に気品や湖喝采

もぞもぞと雪吊に身の疼きけり

雪吊や老骨のかく張りつめし

田中忠巳君急逝　三句

水洟のひきもきらずよ忠巳逝く

白梅やあつけらかんと忠巳の死

生きてしは弔句に執し咳くばかり

悟りなき頭蓋を攻むや座禅草

端坐せし僧のごとしや座禅草

富士見村窪地に座禅草群生地あり

座禅草のぞけば奥に小法師をり

這ひつくばつて座禅草の奥のぞき視し

探梅のしんがりしどろもどろなる

啓蟄の畑さばさばと客土さる

八白仏滅啓蟄の日を家に籠り

啓蟄の水底動くものの棲ます

鶴帰る連山の雲押しひらき
沈丁花露地に小唄の師匠住む
歩き初む児を下萌におろしけり
草青む一歩一歩に息はずませ
初蝶を見し指先のしびれ憂し
詠はねば月のはくれん傷殖やす
花散りぬ幼な記憶の父そこに
芽吹く木々はたらきすぎし身に鋭がる
ゐざり歩みに芹摘む老婆口達者
初蝶を見し喜びを妻と頒つ
許さるる嘘もほどほど四月馬鹿

朝ざくら右眼の視力かくも失せ
夜ざくらや花眼に迫る花の精
花びらを掌に愁ふこと悲しむこと
普段着のまま夜ざくらへ女と会ふ
外燈に浮くさくらいろ女人屯ろ
もののふのいのちかろんじたるさくら
ききとめし初音に女人声ひそむ
啄木忌糧にあらざるもの摘みに
咲きそめて鶉かよはしむ姫辛夷
四月馬鹿神も仏も騙さるる
ライターの炎の圏内も芽吹く闇

初蝶をさす妙齢の指白し
かみしもに分つ宿場や初つばめ
初老なる花びらを手にときめかな
花は葉に身辺結構づくめなる
菖蒲酒ふふみなにやら雅びめく
無名よし棕櫚ふつくらと花つけて
薔薇園を巡り髪膚に香をとどむ
湧水の村を豊かに花卯木
夏柳一の井二の井堰に沿ふ
天上に朴褒貶の褒さづかる
群馬県総合表彰を受く
三句
朴一樹二樹たかみより白炎す

薔薇あえかわが最良の日なりけり
螢火の息づくごとし闇うごく
消えがてにとぶ螢火に手をのべる
吐息のごと螢火上下して淡し
五月憂し稿半ばにて眼のしぶし
佳き日けふ紅白の薔薇溢らしむ
鋤き終へし田にすぐ雨や蛙鳴く
夕澄みし植田に農婦出て尿る
安穏な日々なり半夏花つけて
国会審議のやうに遅々たりかたつむり
蝸牛這ふしづかに鈍に濡れいろに

妻の甥弘之君結婚を祝す

だんまりをきめ羽抜鶏砂浴びす
だしぬけに昼の鬨あぐ羽抜鶏
生きざまに似し蟻地獄銭地獄
仏縁といふべし山門の蟻地獄
綺羅めくや灯をかきまぜて火取虫
耄碌をせぬが取柄や沙羅ひらく
殺意なき証し草矢をゆるく射る
夜の蜘蛛つつと降りけむ誰か死す
ががんぼのもげたる肢を見捨てけり
草いきれ抜け来しなにかもの足らぬ
昼顔やいまも線路は鉄臭し

金亀子のつぶてなすごと闇より来
青胡桃札所三番寺への坂
桑苺ふふみ渇水のダムに佇つ
蟻踏まな慰霊の塔に香焚かな
日盛りに踏み出て己が影に蹤く
火涼し焼入れの刃のにぶき反り
夕ひぐらし風向き山の辺に変る
青胡桃役場跡地のやや小高し
行々子あけつぴろげに青葦原
廃村のうらみつらみの葦茂る
葦叢の奥は未知数行々子

北川辺・板倉支部の人達と旧谷中村吟行　八句

鉱毒廃村の跡地に立ちて草矢打つ
草笛や谷中墓地跡遠ちに過ぐ
穂肥終へし青田さつさつ風起す
葦原の青に切らるるごと分け入る
頼りなきわが影を踏み炎天に
灸花ぽつぽつと灯しなにたくらむ
坐骨神経症にさいなまる吾に灸花
蟬涼し木の中の木といふ大樹
痩蚊すなはち吾が腕に来よ脛に来よ
吾が血に肥えし蚊の尻にくし打ち損ね
血を頒けた蚊なれどにくし両手で打つ

黙禱のまぶた重たし原爆忌
新涼や川瀬の音のきりもなし
胡麻畑に母居り幼なには見えず
しますすき鷹の羽芒相ゆらし
面ふせて終戦日の草抜きてをり
打鋲音炎暑かなぐり捨てたしや
ぢぢと夜蟬孫ら甘えなくなりぬ
精霊流し終へて瀬音と闇戻る
流燈のかしぎつ寄りつ瀬へ出でし
花すすき遠嶺のはやも透けはじむ
すぐ燃え尽く迎火祖霊乗り来ませ

吾亦紅坐せば蹠を風なぶる
消ぬべくもなき吾を置けり花野中
胸の丈にゆらぎて触るる藤袴
薄翅蜉蝣うすきえにしの吾にまとへ
秋深し野にある限り歩きづめ
萩叢の少女隠してよりゆるる
曼珠沙華四五本なれば小火《ぼや》のごとし
桔梗咲く湖への小径交叉して
天の川この地死に処と決めかねつ
眠狂四郎と月光芒原と未灰
冷まじや妻も俳弟子叱らねば

冷まじや人殺めたる夢に覚む
蓑虫の視られてゐるを知らずをり
諍ひのあとの自責や蚯蚓鳴く
手のひらにのせてまぶしむ一位の実
威し銃めたらやたらと鳴り続け
茫々たる過去消せいわし雲渺々
沈思せば身ほとりおのづ秋の声
悪がきもさうでない子も草虱
もの忘れ多くなりたり鵙に鳴かれ
憤懣の足音に黙す虫の楽
蚯蚓鳴くや初老の歎き吾も覚ゆ

帰燕反転新峰三十三回忌を修す

踊まれば花野は吾を押し包む　赤城吟行　三句

霧はれてきし吾亦紅彩増せり

草虱吾のみにつけり笑止笑止

ひとところ霧はれ水辺鴨寄せて

十月の湯町羽織れるもの欲しき　伊香保

吾の秋思妻に通ぜずもどかしや

秋思てふ漢ロダンの像に似る

吾は女々し　平成九年

くらみ来し川面に千鳥おびただし　奥のほそ道行　八句（那珂川）

遊行柳まで刈田道二、三枚　（遊行柳）
柳散る一と葉に心たくさむか　（遊行柳）
しぐれ傘たたみ喪服の列を避く　（大雄寺）
廻廊にしぐれ傘置き本堂へ　（大雄寺）
蒲の穂や九尾の狐化けそこね　（玉藻稲荷）
秋思とや芭蕉も曾良も僧衣にて　（芭蕉の館）
与一いなごといふもとんだりはねたりす　（光明寺跡）
もう渡り来し鴨ならむ静沼　乃木神社
落葉踏みゆくは老男老女のみ
から松落葉せんせんせん空を切るごとし　鳥居峠
眼前の枯葎じゃま除くべし

冬ぬくし坐せばしんしん冷ゆる石

落葉踏む靴音木々をさわがしむ

ひとりよりふたりがよろし冬薔薇

妻の甥智君結婚

冬巻くキャベツ男の意地のもろく萎ゆ

桑枯るるきたたちばなの誰も哭くや

高橋ひち様葬儀　四句

残菊のまだ香を放つ葬り道

残菊の香を曳き柩運ばるる

朴落葉踏むや幽冥異にせり

一瞬の日曇り風花舞はしたり

昏れきざす峠山坂風花す

杉山のかすり模様や風花す

風花に捲かれてしばし息つめる

白息を意志のごと吐き行乞す

白息に問はれて応ふ息白し

珈琲にミルク聖夜をひとりをり

寸前に綿虫厚生官僚卑し

葱きざむ香のはつらつと妻若し

寒牡丹りりしと思ふ吾は女々し

寒林へ一歩まつたき徒手空拳

わかち書きのやうに枯葦枯れ尽くす

ぽぽと狐火老骨たぶらかされてをり

初雀来よ孫も来よ福も来よ

破魔矢受け妻をうしろに蹤かしむる
三ヶ日気楽に酒とおしること
ひとみしりして葉隠れに笹子をり
懐手して謀りごとみそかごと
大寒や信仰厚き虫歯石
伝教大師の石の護摩壇凍つるなり
恍惚を諾ふごとし日向ぼこ
凩に髪膚たたかれつつ老いぬ
灯明りにゆる餅花の緋や白や
樹林より翔つ山鳥の羽音寒む
寒きびし愚賢おのづと顔に出て

廣厳山般若浄土院浄法寺　二句

遠嶺吹雪けりマンホールより顔だせば

崖つらら日ざせば痩する峠越え

石けりの子の影長し日脚伸ぶ

霜晴や小石のせたる猫の墓

汚濁、詐欺、人質の世へ地虫出づ

破防法不発に終る青き踏む

春一番片手乗りする三輪車

遭難死ありし山より雪解水

哭きざまのありあり涅槃図より溢れ

語るほどの賞罰はなし涅槃西風

春眠の虜となりて日々怠惰

遠嶺まだ雪置く墓地の犬ふぐり
枯桑畑透けり利根見ゆ赤城見ゆ
花冷えの膝しんしんと疼きけり
妻の手をとりて花見の渦抜ける
花冷えの手を触れあふも味けなや
金粉のごとわが死後も柳絮とべ
わが死なばこのげんげ田に骨埋めむ
蝶生れて天然色の野が展く
鴨引きし川辺ゆつたりしてしまふ
ひひなの間灯せば雛の声しさう
変身の蝌蚪浮き水面足蹴にす

密会のごとたんぽぽの辺に坐せり
彼岸墓地出てより梅の香に遊ぶ
手ふれなばたんぽぽの絮とびたがる
ひと死せり重く匂へる雨の梅
蝶にある自由不自由われもまた
陽炎へ己れ消さむと歩み入る
陽炎の火中に己れ燃やさむか
己れ燃えねば陽炎も燃えたたず
山笑ふ一社三寺をふところに
囀りや翅あらぬ吾もかろやかに
浴びるほかなき一陣の花吹雪

花冷えのさうさうとして身の節々
流れねば花屑筏とはならじ
もう泣かぬと決め葉ざくらの下を行く
たんぽぽの絮とばしをり老いたるか
たんぽぽの絮吹くにさへ義歯鳴らし
アネモネの花ゆるがして蜂移る
刺せば死ぬ蜂いさぎよしさうありたし
一弾のごと頭上より熊ん蜂

白井宿　三句

つばくらめ宿場名残りの井戸八つ
城跡といふも名ばかり耕され
啄木忌いま貧しきは詩嚢ばかり

榛名湖　三句

山霧に吸はれてしまふ湖畔馬車

湖波寄す音のみ山の霧深し

木苺の花霧粒をしたたらす

棕櫚咲けり遺言いまだ書かずをり

朴ひらきむんずと天をつかみけり

百足這ふあたり一面ざわつかせ

青芒己れはげまさねば切らる

水あればおのづ風呼ぶ夏柳

土屋文明歌碑

まほろばを恋ふ文明歌梅は実に

わが誕生日薔薇贈らる
三句

竹皮脱ぐ数だけ竹の節伸びて

薔薇の香に包まる馬齢重ねきし

薔薇百花わが生れし日をつつみけり
百本の薔薇の香にむせ馬齢祝ぐ
ありていに言へば蟇似といふべしか
竹落葉詩心しんそこあやぶまれ
竹落葉己れせかさるばかりなる
緑蔭に入る老年を意識せし
歩くこと重荷となりし木下闇
呼吸止めしごと川蜻蛉翅たたむ
夕虹に老妻と佇つどこか濡るる
植田より余りし風が村中へ
雨呼ぶはこの枝蛙なりにけり

弘法伝説の泉なりけり手にすくふ
蟻地獄見てより殺意うすらげり
放心の吾に醜態の蟇寄り来
夏蝶や線路脇より立つ熱気
螢火や不倫めく影ついと消ゆ
あぢさゐの藍深めたり白葉女忌
半夏咲く精農惰農半々に
半夏生農継がぬ子へ仕送りす
蛇苺どの子も踏んで通りけり
緑蔭の木椅子にしばし捕らはるる
投降のごと双手あげ緑蔭に

赤城山吟行　四句

山のとんぼは季語を無視せりゐるはゐるは

滴りの刻きざむごと間を置くごと

幼時期は碓氷山住み麦こがし

少年犯罪ここまできしか草矢射る

中学生の殺人事件に

夏蚕飼ふ村を横目にして通る

忌みごとのがんじがらめや半夏生

蝻搏てり吾もうたよみのはしくれぞ

緑蔭を得ておろかしき躬をぬぐふ

浮き泳ぎして沢蟹の紅をひく

夜目に浮く瀧よき音をたてどほし

切札は涙しんしんしん河鹿笛

蟷螂の眼のなかに吾れ外にわれ
蟷螂の緑光色の眼と会ひぬ
三角の貌の蟷螂鎌もたぐ
威嚇するべし蟷螂に鎌二丁
蟷螂の怒らぬときは扁平に
打水を六方ふんで除けにけり
葬列のなかほどにゐて影も灼ける
すいとんを汗して食べる終戦日
からす瓜咲くくらがりに目を凝らし
くらがりに馴れて虫音を身近にす
虫鳴くと泣き虫妻の泣きに出し

霧晴れてつんつん紅き吾亦紅
動くともなく蓑虫のうごきをり
詩ごころ失せ露天湯に虻とをり

老神　三句

虻はらひつつ露天湯に首浮かす
岳よりの風に首ふる吾亦紅
虫の闇乱さじ足音立てず来よ
吾亦紅花野の果ては湖へ展く
点滴に給はるいのち涼新た
穂芒のゆるるは風の意のままに
晩節を立つるは酷ぞ桐一葉
桐一葉老骨かくも詩に溺れ

塩沢湖　三句

薄もみぢして湖辺りの雑木どち
葦叢を風さはさはと過ぎりけり
どんぐりを踏みつぶしゐて旅愁とや

上田五千石氏を悼む
二句

びつしりと露あつけなく君逝けり
曼陀羅の露胸中にこぼれつぐ
原始への幻想そそる火恋し
露けしと野にあるものらひかり帯ぶ
火恋し七十余齢膝曲げて
摘みためし秋七草ぞ胸に抱く
蚯蚓鳴くや終焉の詩をせかすかに
蓑虫の不出来の蓑を着て隠る

貨車越えてきしはたはたの鉄臭し

嚙み合はぬ妻との会話蚯蚓鳴く

凄まじや磔刑のごとき鵙の贄

露けしと野に出てしばし露に浸る

秋薊手折るや棘に責められつ

さざなみのごとき雲居や十三夜

秋思とは一と味違ふものの思ひ

草もみぢ足弱吾れを憩はせよ

花野へ一歩客気いよいよ縦横に

をみならのみなつつましや草虱

秋薔薇香の淡ければ踊み寄る

榛名湖畔　三句

前橋薔薇園

あいさつもそこそこ菊を剪り呉れし

磴高しぎんなん降らす達磨寺　少林山　二句

羅漢伊勢男に降る達磨寺の銀杏の実

落し文　平成十年

臨池伽藍跡草もみぢ散りもみぢ　毛越寺　二句

このもみぢいま詠はねば燃えつきさう

達谷窟へぶつきらぼうに蝗とぶ　達谷窟　三句

毘沙門堂の奥のくらみや秋気濃し

蝦蟇が池に蟇の居らねばもの憂しや

紅葉川逆波立ててにはか雨　新鉛温泉　二句

夜のもみぢ灯あかりを得て燃えるかや

高村光太郎山荘　二句

黄落裡光一字の外厠

光太郎山荘へ落葉径きのこ道

角館

馬つなぎ石に武家の格式ちりもみぢ

啄木生地　三句

啄木のごと山に向へば秋気澄む

啄木の学舎板張り踏めば冷ゆ

渋民といふ名いまなし黍焚かれ

草の実をしごきつ愛を告げ得ざる

冬銀河五指に足らざる生地の知己

たてつづけに鴨着水の水しぶき

枯蓮のこれみよがしに屈折す

冬月に視られつ尿る酩酊す
吹越のとぶだけとべば種切す
幽む雪片翳曳きて佇つ雪女
雪しんしんしん百鬼夜行のあるかしら
囲炉裏囲んで妖怪変化出つくしぬ
咳けば闇こぞりたつ屍室
罠かけて漢出て来し枯木なか
漁火のゆるるを見つつ牡蠣啜る
二次会へ徒党となりて年忘れ
測量のポール枯野を真二つに
名にしおふ深谷葱なりどさと着く

老い確かもろく崩るる霜柱
冬鵙に視られつつ詩心研ぎ澄ます
納豆の糸しらしらと寒戻り
風花や坐臥してたのむ神ほとけ
年酒受く七十五齢つつがなし
婦唱夫随義歯にほどよき切山椒
皺多き貌いとほしや初鏡
枯れ四辺運気根気に見放され
もたれぐせ冬木に寄りて決まりけり
よんどころなく冬瀧の辺に坐すも
精進潔斎せむや霜柱もりあがる

霜柱踏むによしなし歩け歩け

マスクして無策の貌を隠しをり

ふつくらとこぼれてはづむ寒雀

寒垢離の唇わななわなと水を嚙む

せつせつと雪積むこの世浄め給へ

めくらましのごと鳰《かいつぶり》潜きけり

瓢湖占む白鳥と鴨樹上に鳶

白鳥を数へり数の合はざりし

悠揚と浮く白鳥に群るる鴨

ものの見事に白鳥の着水す

着水の白鳥水面ひたに押す

瓢湖白鳥　十二句

鴨の陣白鳥の陣雪降り降る
視界雪たそがれいろに白鳥群れ
白鳥囲みやつさもつさと鴨群るる
白鳥も鴨も餌どきの修羅を待つ
白鳥の浮寝さまたぐ夜の飛雪
鴨の声白鳥の声闇ふくらむ
夜の飛雪湖の白鳥ら寧けしや
雪庭の清行庵へ庭下駄借り
庭下駄に雪つまらせて茶室まで
立春以後の穹のぬくとさ碧の深さ
寒明けの木々棒立ちに穹をさす

清行庵は会津八一が良寛の書より名付く

白梅に日差し紅梅に影及ぶ

紅梅や蹋めば影もまろみ帯ぶ

かたまらぬ蝌蚪は孤独を楽しむか

後脚が出来たる蝌蚪の高泳ぎ

小さくとも蛙泳ぎの身につきし

粋がってみても所詮は花粉症

誤字脱字ばかりに執し春愁ふ

晴天の風をゆらしてひらく辛夷

花辛夷微笑の妻の面やつれ

はくれんにしばらく闇の息づけり

愚直吾れ野火の炎に真向へり

野火疾し息ととのふる間もあらず
野火赫つと二転三転吾に向けり
花ちれりひとのいのちもちらしけり
前田夜汐氏を悼む

花びらを受く幼な子の輪に入るも
内ぽけつとに薄謝黄砂の町中に
妻に秘すことあまたあり春思
落花いま風のかたちをして吹かる
大塩湖吟行　六句

茫々と湖へ散りこむ花の渦
樹下しづか花ひとひらを髪に受け
翔ぶものをとばしめ水面花冷す
釣人の湖尻に寄り来花曇り

颪やみしとき花筏誰が漕ぐや

花虻の小さき飛翔を確かめよ

俺ら悪がき蛇も蛙も遊び道具

シャボン玉の中に吾れをり毀れさう

花楓井戸に銘ある白井宿

白井宿弥酔句会　三句

つばめ反転薬師井を外れ夜盗道

武者行列へ散る八重桜白井宿

井伏鱒二の好みし青葉山女魚かな

マロニエ咲く町なか浅き川流れ

渋川

とどのつまりはわくらばの如きもの

頭上より朴の香汚心澄まさねば

五月佳けれ蜂寄せて薔薇いろ競ふ
薔薇の香にぞつこんほれし蜂ならむ
忍冬の香に汗ばみし襟ひらく
緑蔭裡羅漢横向き吾も横向き
とかげつと笑ひ羅漢の膝の上

波久礼羅漢山　四句

啓示ありやあり緑蔭にしばし坐し
万緑に躬を染めたくて長居せし
墨直しの筆勢みどりの雨はじく
万緑に叱咤さるごと句碑の前

伊香保・長峰句碑墨直し　二句

田蛙の合唱不況ふきとばせ
藻の花のゆれて流れをせかすかに

桜桃忌吾が死ぬときは水色に
草いきれ一気に抜けて来て愛撫
蛞蝓の銀涼やかに這はしむる
でで虫の殻の紋様ひだり捲き
蝸牛の恋なにがどこやらぬらりくらり
螢火の流るるやうに浮くやうに
螢火の消えくらやみのどつと湧く
ほうほうと蜘蛛の巣はらふ終戦日
こがるるにあらね夏痩してゐたり
かつてかのいくさの匍匐この夏草
敵味方半々木下闇を出づ

半夏生汗ばむ肌着替へねばや
毒気降る半夏の花の咲く辺り
老鶯や妙義あくまで荒々し
夏霧に捲かれて榛名富士小さし
青嶺よりこだま湧きつぐ抒情とや
落し文巻きの悪しきは踏まれけり
ひろはれてすつたもんだの落し文
十薬は呪文の花ぞおぞましき
斑猫の吾の行先は知らぬらし
脈搏正常心音普通螢とぶ
点滅の螢火ひとの訃に接す

五百五十号自祝

一線を曳く螢火のなに急くや

庚申塔を這ふ山蟻の尻くびれ

吾と別の影曳きて佇つ日の盛り

青とかげ疾し草色犯したり

蛇とかげときにかほ出す親しめず

日盛りに出てなにせむや何もせず

なみだ梅雨八束逝かしめ吾は残さる

七月十六日八束先生逝く　四句

万緑のひとところ割けし思ひかな

万緑の一樹失ふごとくなり

夜目に浮く花からすうり師は逝けり

水平に山路を制す鬼やんま

脱稿のペン先に来し草蜉蝣

妻と来て秋七草を抱き余す

雨の萩括られてなほ地に余る

千万の露踏みしだき露まみれ

はたはたの遠くより来しこの翅音

秋気透け七十余齢かくも澄む

天高しとはわが思ひごと詩片とぶ

泣くことを忘れし吾にいとど跳ぶ

この悲しび誰に告ぐべきや星流る

はたはたの飛翔身丈をはるか越し

一会なる別れ強ひるや法師蟬

秋蝶の白せんせんと川越ゆる
あらかたは顔見知りなる葦刈女
かつてわが気性まるだし唐辛子
木の実踏みて土踏まず驚かす
秋冷や持病もたねば痩せられず
水澄むと思へり詩心澄まさねば
八束亡き夜々しんしんと虫音澄む
精霊ばつた祖霊乗せきし八束乗せし
掌に乗せし精霊ばつた八束とも
この憤怒どこに向けばや秋黴雨
秋黴雨胸内に鬱と褻《け》を棲ます

毬栗の真下にをりて落着かず
びつしりと露帰らばや送らばや
鶏頭花重さう常に呵責あり
流れ過ぐ霧に音あり木々を縫ふ
秋七草どれも好もし手折りたし
花野尽きここから奥は誰も知らぬ
秋蝶の黄は注意の黄自重せねば
穴惑ひまだ元気さうのらりくらり
はじけたる草の実老いの足確か
籾莚踏まねば隣りまで行けず
露けしと踏み出て師弟句碑に触る

末枯や老いては妻のいふなりに
歴代を美男の家系とろろ汁
溢れたる野川溝蕎麦浮きたたせ
露霜に濡るる墓域もその他も
不況きりなし存分につく草虱
冷たしといはるもたのし燗ざまし
へくそかづら実も嗅ぐほどのことはなし

仏心仏語

平成十一年

冬芒まだ生き生きと風を欲る
詩は微塵吾にだけつくや草虱

靴先に落葉さらさらさざなみす
柊の花の香ごもり忌みごもり
柿すだればかり村中どこも留守
唐辛子の赤柿の朱冬隣
蒟蒻掘りし夜やべたべたと貼り薬
風邪妻に風邪うつされてしまひけり
旅舎の灯の川面に照らふしぐれ寒
まな板倉あたりしぐると漢佇つ
小走りに鳴かず翔ばずの冬雲雀
枯蓮に似合ふくらがりなにか出さう
潜きたる鳰どこに浮く賭けやうか

水上　二句

数へ日やかぞへあぐねしことあまた
どんど焼き榛名うつすら浮きたたす
峨々として妙義どんどの火を寄せず
終の火のくすぶるままにどんど果つ
松過ぎの閑あれを読みこれを書き
引かず足さずまつたきの冬青空
怒り鎮めむや白息もしづもりて
白皚々しんかんとして瀧凍つる
紋次郎も忠治も博徒風花す
仁俠の地のどこゆくも枯桑原
まことしやかに嘘つく漢冷まじや

南無妙と吐く白息もほとけのもの
ちよろと出てちよろと隠れし嫁が君
炉ばなしの嘘もすこうしまじりたる
一月の畦まつすぐに行くほかなし
正直にはしご酒せりもどり寒む
冴返るもの惻々と樹々哭かす
眼帯をせぬ方の眼も霾ふれり
白梅に日の綺羅紅梅に蜂の綺羅
紅梅に日ざし白梅にやや翳り
午次郎忌近し紅梅ふふみそむ
春泥にはまりし猫を摑みだす

恋猫の傷負うて来しかしこまる
野火の炎のたかぶることもなく消さる
春泥をとびとびに来て焼香す
鳥雲に入るや寥々たる山河
引鴨の瀬に群れやがて翔つらしき
てんでんに居場所選べり草青む
浮き沈む蝌蚪や世情のかつ乱る
老いの手の触るをためらふ初ざくら
妖かしの彩くっきりと花女郎
思惟仏へさくらねむけをさそひだす
老いらくのなにやら疼く蝌蚪に足

地虫出づ仏心仏語湧かしむる
薔薇あえか吾が胸中の革命歌
濃あぢさゐ夜は闇の色保つべし
紫陽花に雨白葉女亡きいまも
出生の秘密あかさじ七変化
草笛や小学唱歌のみ上手
一の矢二の矢草矢を愛の証しとす
露坐仏の膝下に袋蜘蛛ひそむ
草笛が吹け悪童に戻りけり
著莪の花樹下はいづくもしめり帯ぶ
同齢の死や藤房の丈そろふ

丸山海道氏を悼む

げんげ田にしばし己れを沈めたし

立夏なり老軀しぶしぶ徒歩闊歩

汝も吾れも雀隠れを求めゐし

桑の花大桑原の名のゆかし

下仁田荒船支部結成

青葉木菟鳴けりまぎれもなく二夕声

旅舎の灯の煌々たるに夜鷹鳴く

枝蛙もう枝色になりすまし

雨蛙ほどよき雨に鳴き交はす

くらがりを灯すどくだみの花十字

たとへばいま戦火の渦中かたつむり

コソボ空爆

吟行への一歩はずます夏鶯

信州塩沢湖吟行　二句

青葦のつんつん水面ゆるがすや

緑蔭裡庚申百基寂と在る

少林山吟行　三句

日矢さして河骨の黄を浮きたたす

黄檗普茶の不老菜《ぷうろうつあい》滋味涼し

青芒そよげば髪膚切られさう

太宰忌の螢青炎曳きて落つ

太宰忌や雨の蚯蚓の太く長し

梅雨冷やムンクの裸婦の顔不詳

老鶯といふは失礼美声なる

犬猫鳩そして吾等と緑蔭裡

師の忌けふ仮幻の揚羽蝶舞へり

八束師　二句

螢火や仮幻の師風吾に遠し
忠治処刑あととや螢袋咲く
温《ぬる》川《がわ》の瀬音たかめり男梅雨
滴りに肺濡るるまで佇ちつくす
炎暑来し犬長々と舌垂らし
黙しつつ炎天へ焚く死者のもの
草いきれ線路の脇の供養塔
通夜の座のややしめり帯び夜蟬鳴く
ひとひらの蝶炎天を裏返す
夏負けの妻叱咤すは愛の証し
内観と仮幻を求め汗みどろ

群馬現俳協吟行会　三句

詩語はずみ酔語もはずみ夜涼なる
夜の秋夫婦もときに語気荒らげ
原爆忌の禱りか蚯蚓のたうつは
炎天下胸中に八束棲ましめて
舌頭に般若心経門火焚く
迎火の煙り彼の世へ流るるか
妬心ありやありや変幻の黒揚羽
怨念のごとき火蛾憑く搏ち据ゑむ
やぶからし仁俠すでに地に堕ちし
ははきぎに星のかけらや露涼し
秋七草に埋もれて死なば悔やむなし

甚平のすねの老醜許されよ
生者必滅百虫すだくまくらがり
草むらのきめ細かくて虫の楽
胸襟は開かずじまひ虫すだく
人の死へ急ぐ夜露をけちらかし
翔ぶものに息あはせゆく花野かな
松虫草に蹰めば蜂も親しかり
天高しちんぽこ山に向け尿る
芒野へ翅あるものら浮き沈み
有情とや野へひかり曳き穂絮とぶ
秋薊のとげとげなぜに吾を攻むや

四万錬成会　七句

ダム澄むや四万山嶺を重ね澄む
草虱つけてダム湖へ近道す
日向見川浅瀬といへど音澄めり
木蔭はやしんしん秋気ただよはす
摩耶の瀧見ずや橡の実拾ひ来し
雁渡る四万幾嶺を重ね合ふ
水澄むや甌穴謎を秘むるかに
そよぐものなべてかがやか秋の声
殿様ばつた吾が背越ゆるはえらさうに
末枯へ老残の背をしんと立て
火恋し立ち居おのづと老いけらし

あとがき

句集『無何有』は、『傾斜』『半弧』『独語』『刺客』『繹如』に続く第六句集で、平成六年より十一年までの六年間の集積である。

主宰誌「やまびこ」が創刊五十周年、五百七十五号を閲したことを、一つの区切りとして上梓した。さらに言えば、私の喜寿を自祝するということをも加味している。

主宰誌「やまびこ」が創刊五十周年、五百七十五号を閲したことは、私一代の仕事としての誇りと思っているが、さらに言えば、今は冥府にある、師・石原八束先生への鎮魂の思いをも重ねて、俳句へ賭けて来た、この歳月への決算とも致したい気持を併せ持っている。

私の俳句人生も、そろそろ終焉のときに近づきつつあるといえなくはない。誰に頼まれたわけでも、誰に望まれたわけでもない。俳誌「やまびこ」の歴程は私の人生と共に地方俳壇の為めに、いささかなりとも寄与して来た、という自負を持っている。「無何有」は読んでの如く、水の流れのように静かに、風のように淡々と、有か無かの境地への達意を示すための旗印としてかかげた作句姿勢（詩性）でもあるのだ。
「日常些事にポエジーを・生活の中に歌声を」の提言を、この句集で、いささかでも求め得ることが出来得たかどうか、甚だ心もとないのだが、多少なりとも共鳴共感される点があれば望外である。

平成十二年八月二十日

やまびこ草舎にて

吉田未灰

恬《てん》淡《たん》

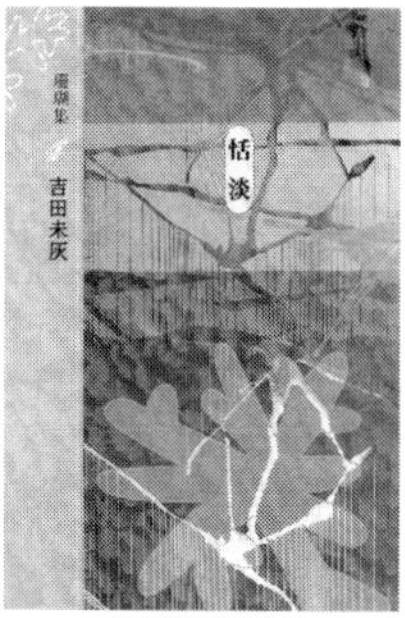

平成十五年五月二十二日
東京四季出版
四六判　函入　一六二頁
定価二八〇〇円
収録句数　四三五句

爐火絶やすまじ

平成十二年

黒瀧山不動寺山内黄葉落葉

黒瀧山　六句

身に入むや警策双の肩に受く

冷まじや警策発止発止と受け

開山堂に霊碑林立しんと冷ゆ

落葉径岩径天女窟へ坂

黄落へ鐘韻一打ひびかする

冷まじや一弾のごと訃報受く

吉岡修君急逝　四句

秋冷や漢慟哭押しころし

慟哭も嗚咽も生き身冷まじや

霹靂のごとましぐらに木の実落つ

酔ひさますため熟柿吸ふ桂郎忌

一茶忌のしぐれと思ふ濡れゆかむ

冬草のかくまで青きなにかせねば

三瓶万寿さん米寿

菊大輪みちのくの穹透きにけり

をんなぐせ悪しきが傷や蔓たぐり

木の葉髪漢無頼を押し通す

冬木に背当てて老いさき諾へり

霜照りの幹撫でてより斧入るる

爐火絶やすまじ雪女溶かすまじ

赤きもの黄のもののまぜて枯葎

狐火を恋ひゐて真闇嫌ひけり
初日記まう空白の始まれり
恬淡と生きるは難し大旦
去年今年無何有の意もて貫かむ
斬込隊のごと鉈腰に山始
瞽女越えし三国やまなみ風花す
枯疎林さははさはけものの走らする
結氷の湖しくしくと哭き始む
結氷湖きしみ水禽はづみ翔つ
寒禽のはがねの如く羽搏ちけり
寒月光冷徹な影生ましむる

大寒の水中に杭打ち打たれ
風のかたちに同化の枯木ひとならび
寒明けの遠嶺はぬくき雲掲げ
綿虫のいのちのかろさ手にすくふ
雪の旅舎つららら三尺垂らしをり
雪せんせんせん身ぬちに迫るごと降れり
氷瀑の直下に在りて吾小さし
漢ら駆け野焼きの火焔ただならず
夕野火へ駆け少年ら影絵めく
野火消えて関東平野くらくなる
野火追ひの声かけ合うて走りけり

水上　二句

林中に火色ただよふ二月寒
黄砂して関東平野あいまいに
神域の闇ふるはせて木々芽吹く
ひとの死へ春霖に肩濡らしゆく
踏青や若さ欲しとて逆立す
ふるさとに向きふらここを高く振る
野辺送りすませてはやも耕せり
一山を染めめ杉花粉あばれだす
名草の芽しかと見定め蹰みけり
吾も埋むこの地に花の種蒔けり
蒟蒻植うや父祖より継ぎし荒地畑

老いらくの哀れ杖ひく春の泥
ひびきくるものに夜の闇夜のさくら
かたまつて花びら堰を溢れ落つ
天明と記す墓碑銘竹落葉

瀧の慈眼寺　四句

枝垂れ咲く少将ざくら地を掃けり
寄せ墓の一基にクルス椿落つ
思惟仏の顔ねむたげや椿落つ
天上はあけつぴろげや雲雀鳴く

句碑建立　二句

木々は芽を天にこぞれり句碑成れり
三国脇往還白井宿花冷す

白井宿弥酔句会　三句

往還を二つに分つ花の堰

片品村吟行　四句

武者行列の武者若からず八重桜

瀧音のここまではせず花あけび

五線譜のやうな水音水芭蕉

思念かくも重くれ座禅草に対す

牛島千歳藤　二句

残雪嶺かすめて疾し一飛燕

花藤の彩はんなりと達治思ふ

喜寿祝　三句

花虻と藤房の香を頒け合へり

薔薇の香や曾良逝きし日に吾が生れし

喜寿祝ぐや百花の薔薇の香まみれに

川越　四句

老い吾にこの力こぶ更衣

五百羅漢と吾のみに散るや沙羅双樹

汗しつつ眼鏡羅漢を探し当つ
どろぼう橋渡るに十歩青葉騒
目薬師の裏めの文字や薄暑光
生きてしやげんのしようこの花小粒
仏心一如にあらず一匹の蟻つぶす
かぎろへば不遇の右眼溶けてしまふ
不透明な右眼もつともかぎろふや
朴咲けば山霊ここにあつまるか
子かまきり威嚇の鎌をふりかざす
緑蔭裡心音すこしづつ鎮む
瀬の音と風音と和し谿涼し

老いかなし草矢放てどすぐ落つる
青くるみむかし兵舎はこのあたり
緑蔭に躬を染めたくてひとり坐す
螢火の息するごとし水匂ふ
雨蛙鳴け失禁の父よ哭け
止め石に来て梅雨傘を押しひろぐ
茶室まで飛石伝ひ額の花
百日紅雄ごころ失せしこと秘すも
湖に出て夏蝶翅を荒使ふ
夏蝶の灼け色湖に出てうする
青むぐら山頭火来よ放哉来よ

群馬現俳吟行榛名湖畔
五句

山上湖越え来し火蛾かみづみづし
七月の湖畔涼やかしばし佇つ
若きらのいのちの絵筆汗し観る
扇使ひつつ画業断たれし無念想ふ
無言館のくらみへ涙汗ばみつつ
無言館出て日盛りへしばし無言

信州・無言館　五句

祈りむなしや命むなしや日照草
万緑を裂き吹割の瀧現る

吹割句碑　二句

老眼のくまぐまに沁む瀧しぶき
五七五とひびかふこれぞ青冴

「やまびこ」五七五号
自祝

露草のむらさき濡るるほどに濃し

見えぬ方の眼も瀧風に濡らし佇つ
瀬音涼し簗の灯明り水面まで
いなびかり視力なき眼はつぶらざり
かなしびのうするはかなしひろしま忌
長崎忌の燃え激しかり百日紅
玉音に涙せし日もかく暑し
鬱々と火蛾の虜となりゐたり
夜の青嶺けものの走らせ水はしらせ
花野抜けて来しをみならの歩の軽し
花野抜けて来し男かもかぐはしや
颯々と花野へ兵の歩調とる

曼珠沙華の火焔抜け来し躬の疼き
老残の躬のことさらに秋思とや
老いらくの婦唱夫随や縷紅草
寧けき死さがすべく来し花野寂ぶ
含羞の八束と吾と天の川
脛までの落葉踏み分くけもの径
山神も留守や猟期のとりけもの
深淵に在るやう落葉踏み行くは
ふりしきる落葉や己れ闃ぐかに
孤愁とや千の落葉は谿へ消ゆ
一とすぢの径末枯の野に尽きし

奥利根　十句

利根源流いつか時雨に昏れて来し
水涸れて石累々と神流川
雁行川の千人隠れ時雨寒
鴨渡り来し草木湖の活気づく

平成十三年

心眼に菩薩

まどひをる吾に輪をかけし穴惑ひ
草叢をざわつかせしは穴惑ひ
蕭々と山河透け来る神の留守
雁渡る奥利根の穹ひきしぼり
らしからぬ木々のもみぢに躬を寄せる

豁もみぢ声発せねば燃えつきさう
木の実落つ胸中に音生ましめて

群馬県功労者表彰を受く　二句

虎落笛吾が来し方を吹奏す
残菊や老骨かくも晴れがまし

原一雄氏の米寿を祝し二句

冬菊や凛と米寿の声透る
米寿かくしやくく凛と冬穹ふりかぶり
消すすべもなき罪科や氷柱折る
七十余齢の皺しかとある初鏡
冬日向猫と仔犬と老人と
綿虫や幼な泣きべそ手をひかれ
冬疎林ましぐらに来し生きねばや

遠景に枯木ぽつんと死期悟る

冬ちちろ生死は敢へて問ふまじき

枯野行く吾へ石窟の微笑仏

翔つ鴛鴦も浮寝の鴛鴦も人嫌ひ

納棺や遺体に履かす足袋白し

義弟常雄氏逝く　二句

かるがると柩はこばる十二月

鶴渡る頃や遠嶺の澄みはじむ

遠山は吹雪けり狐こんと鳴く

狐火のふはと消えけり闇ふかむ

出航の銅鑼へ群舞の冬かもめ

綿虫を発止とつかみ無頼めく

裸木と吾と平等に日を頒つ

裸木へ思慮分別の鵯鴉

八方に径百方に枯原透け

へなへなと凩に向く錯誤の歩

凩や七十余齢紙のごと

蹤きくるは綿虫背後霊にあらず

魍魎も魑魅もねむらせ雪降り積む

だんまりを決めて冬木の根に居据る

生きざまのかく愚かしや冬木に芽

吐く息の荒げり雪を搔きをれば

逝く人へ四辺茫々枯れ尽くす

春めくや影あるものら触れあへる

雲雀東風野外授業の児ら駆け来

木の芽起しといふは未だし肌《はだへ》刺す

亀鳴くと思へり老いを意識せり

かげろふに包まれし妻若々し

逝く人へ残さるるものら冴返る

小笠原げん様へ

君逝きてくさぐさの芽も哭きをらむ

植物を愛でしげん様なれば

芽吹く木と己が鼓動をかよはしむ

交叉いくすぢ生きる証しの蜷の道

春愁やことに右眼の茫として

にはとこの花芽こいつらへそ曲り

蝌蚪の紐ぬらぬら摑みどころなし
はんなりと芽吹きせかさる沼の葦
春意ありいかなご釘煮どさと着く
若芝にをんな横たへをとこ坐す
夜も粛と花の蕾の疼きをり
疑へばきりなし目借時くらむ
亀鳴くを信じて喜寿の一俳徒
水音の幽みさわだつ座禅草
剛直はすなはち弱気野火と馳す
鳩は地に家鴨は水に花曇
風邪熱に浮かぬ頭脳や花曇

花傷むほどの夕風古刹冷ゆ
夜ざくらや弱法師のごと面伏せて
花どきのはなやぎ三波春夫逝く
花吹雪満面に受け美男たり
夜ざくらの炎むら炎明り鬼女佇たす
神域と寺領を頒つ山ざくら
花は葉にものの怪やつさもつさかな
地虫らの先争うて死に急ぐ

新潟吟行　四句

榛の木の芽吹きせかすや越の風
畦焼きの煙に榛の木むせをらむ
五合庵の裏手さびしら椿落つ

越後一の宮豪快に杉花粉

起重機林立港湾春昼の音生みをり　　神戸港　二句

新樹光物流倉庫並び古る

渦潮にゆらぐ船首にめくるめく　　鳴門海峡　四句

観潮船渦のうねりに翻弄さる

渦潮の芯きりきりと怒濤なす

激つ渦潮春光まさに押し包む

春意とや淡路浄瑠璃泣き歎き　　淡路人形浄瑠璃館

沼萱の青つんつんと沼面照る　　茂林寺沼　二句

鯰喰うて薄暑の雷電神社辞す

水戸天狗党通りし径のまむし草　　下仁田吟行

蔵壁に残る弾痕青葉騒　下仁田・里見邸

梅は実にずらり並びし六菩薩　常住寺・三句

山王大権現祠の脇のまむし草

青楓寺領に風と影きざむ

心眼に菩薩さゆらぐ花篝　吉岡町・長松寺句碑

潮風に染みし半生五月晴　黒岩喜洋氏叙勲を祝す

喧噪や都議選さなか梅雨さなか

鉢植の合歓咲かせ継ぎ露地住ひ

もつ食うて梅雨に耐ふべし貧詩人

水無月の水辺いづくもひんやりす

不確かな思ひ切々こひるがほ

あぢさゐの藍は濡れいろ泪いろ
妻だましおほせて安堵七変化
適量の酒に酔ひをり桜桃忌
兜虫己れ誇示するはがねいろ
鋼鉄の手脚ばりばりと兜虫
狂ふ世は誰の咎まろき天道虫
ひとつばたご咲き天上の八束笑む
老鶯や一湖を領す榛名富士
風穴洞くらし慈悲心鳥かなし
榛名湖を刺すかに鳴けり慈悲心鳥
筒鳥や湖芯いよいよ蒼極む

筒鳥や峡奥まつて来し証し
山嶺の闇ふるはせて夜鷹啼く
夜鷹啼き闇こんもりとしてきたる
岳を来し火蛾なり翅音はがねめく
青嶺闇抜け来て火蛾となり果つる
榛名緑愁湖面を乱すあめんぼう
丈高きほど強烈に草いきれ
きらきらと天牛とべり山上湖
日盛りを来し躬の疼き無言館
黒揚羽木影のくらみより翔てり
現世離厄緑蔭なせるめをと杉

群馬現俳信州吟行　四句

樹齢三百年の神木鬱と蟬しぐれ

榛名吟行　四句

万緑裡樹間はくらさただよはす
十一や湖畔の木々に日のくらみ
虎杖の花湖風を鳴らしをり
峡を来し火蛾音たてて火を求む
敗戦忌傷痍の足を重くひき
白地着て思惟むさぼれる偽詩人
葦原をゆらしあくまで行々子
迎火に祖霊はやくも風起す
百姓一揆の碑を押しつつむ草いきれ
蓑虫の父よと哭けりもらひ泣き

哭くといふ蓑虫泣かぬ男の背

ぶらり蓑虫この木の枝を好むらし

あきれはてたる妄想一つ蚯蚓鳴く

小百姓といふは差別語稲雀

Y氏に

独り身を通して古稀や蚯蚓鳴く

夢二忌句会　三句

湖畔涼し夢二もここを歩みしや

松虫草に齢忘じて蹈み寄る

らちもなや躬を入るるだけの芒原

伊香保

新涼や坂に名あるは親しもよ

利根　二句

利根村字平川の黍嵐

唐黍畑無惨や熊にへし折られ

このくにに未来はあらず蛇穴に
死後のこと不明蚯蚓の鳴くことも
邯鄲の草叢足の踏み処なし
冷まじや死に刻はなし予告なし

身辺とみに

曼珠沙華火焔地獄をまのあたり

アメリカテロ事件

秋七草どの花を吾が供華とせむ
女郎花より意に添ふは男郎花
足萎えの躬はしんがりに萩山へ
青石塔婆そよりともせぬ女郎花
身丈越すしろがね芒日にきらふ
石仏のまうしろ飾る白桔梗

長瀞七草寺巡り　八句

木の実落つ辺り結界寺領寂ぶ
紫蘇は実に七草寺へ畦伝ひ

精霊ばつた
平成十四年

精霊ばつた死神おんぶして来しや
雁鳴くと電工宙に躬をそらす
どぶ板を鳴らす駒下駄十三夜
姦しき虫音忌むべし愛すべし
風邪の鬼わがこめかみを鷲掴む
木の実落つ神苑汚れはうだいに
木枯一号胸中に期すもののあり

老いまざと枯菊に香のまざとあり
冬日向うごめくものに己が影
避け難きものに老斑冬もみぢ
老骨に激つ余地あり冬もみぢ
霜きびし褒貶つねに相なかば
不況吹きとべ師走朔《つい》日《たち》皇女生る
木々の影冬の日ざしとさざめけり
冬泉はがねの硬さもて透けり
枯葎哭かせて毛野の山颪
枯れ茫々おとろへとみに指先に
冬青草に坐して萎えざること願ふ

高崎市文化賞受く　二句

風邪熱にさいなまれつつ年を越す
咳激し遠き枯木のゆれどほし
吹越に八方打たれ支離滅裂
財布からつぽ詩嚢からつぽ枯野行く
凡常事まつたき枯れの中に老ゆ
四日はや血圧計り尿診られ　妻急病
初湯浴み数へ傘寿のちからこぶ
雪はげし型《かたち》あるもの埋めつくす
雪降り積む禁煙の指宙を指す
独楽はじけ少年闘志むきだしに
冬牡丹藁囲ひより香を溢《こぼ》す

水潜りの岩屋剛気に崖氷柱
紀州様お女中の銘石仏寒ム
札所ごとに厠借りたり冴返る
ほうと白息札所巡りの爺と婆
結願札所抱くごとくに山眠る
初観音に詣でてざるを買はさるる
値切らざることを美徳に初だるま
野焼の炎風のかたちをして走る
野を焼きて来しと言はねど火臭せり
啓蟄のつちくれ指にやはらかし
物騒な世とは知らずに地虫出づ

吉岡町矢落観音　二句

己が影打ち据ゑるごと耕せり

ひと通るたび耕しの手をやすめ

水ぬるむ土橋の影のゆらぎそむ

樽といふ小字や野梅咲きさかる

日だまりの火焔だちせり野梅咲く

見張鴨らしき首伸べ羽ばたきす

鴨引くやひとの噂のひくごとく

かぎろへばとろけてしまふ野の仏

かげろふのうつすら炎ゆるふくらはぎ

ひと妻に覗かれて蝌蚪混濁す

肥えてゐても所詮はお玉杓子なり

妻に子に春の愁ひを頒けなばや
ものの芽のかしこに老はまづここに
天上に師あり地に満つ犬ふぐり
蟇出でて吾が晩年の貌に似し
落椿まだ燃える余地ありやあり
黄砂はこぶ風あり沖ゆさされて
たんぽぽの穂絮男を無邪気にす
柳絮とぶ川辺町並けぶらへり
海市顕つ帰港の漁夫ら穹を見ず
潮鳴りを子守唄としさくら貝
七輿山古墳の裾のほとけの座

藤岡七輿山　五句

古墳守るごとくにさくら老樹かな
青き踏み古墳の真上まで行かむ
首欠け羅漢なぐさむやうに椿落つ
初ひばり地にも穹にも彩あふれ
身めぐりに新樹天使の声天降る

ウィーン少年合唱団

夜は黝き新樹の息吹神隠し
夜も照る新樹戒律は死か詩はねば
菩提樹咲く波郷墓域へ道訪ね

深大寺吟行　三句

三時念仏供養塔廻し継ぐ青葉騒
浄水池の水絶ゆるなし緑蔭裡
青嶺四囲生地坂本宿さびれ

碓氷吟行　三句

西木戸の外れに鎮守大緑蔭
門のみの碓氷関址や青葉騒
岩と水激ちて涼し蟬の谿谷

南牧村吟行　五句

みどり濃き木々の香を浴び谿谷のぞく
重箱積みの石垣こんにやく畑支ふ
錐もみにわくらば谿谷へ逆落し
彰義隊士出生の地の木下闇

彰義隊副長天野八郎は
南牧の出身なり

神領二百石殺生禁断青葉濃し

世良田東照宮　四句

上番所に突棒刺股木下闇
重文鉄燈籠草色の蜘蛛這はす
蝸牛這ふ神の啓示と思ふべし

蚰蜒の打たるるために出て来しや
夏痩の貌蜘蛛の囲につかまるる
草の罠仕かけそしらぬ顔で来る
木天蓼の花ゆらしめよ峡の風
青嵐華岳の裸婦図ゆらぐかに
仏陀めく華岳女人画青葉騒

村上華岳の久遠の女性

日雷ふぬけ男の横つ飛び
青筑波女体男体を凌駕せり
軽装のをみなら佇たす青筑波
積乱雲筑波真上に来て乱る
風返し峠涼やか句に執す

群馬現俳協一泊吟行・
筑波山　六句

竹田耕雲斎挙兵の地とや青筑波
四六の蟇といふを見せらる緑蔭裡
緑蔭に趺坐しばらくは黄泉にあり
つつつつと尾をひきずりて蜥蜴隠る
灼け色の火蛾紛々と灯に戯るる
豊壌の土食べつくし蚯蚓肥ゆ
万緑の樹下ぽつかりと穴あきし
北岡草雨氏を悼む
祖霊来給ふや迎火の燃えさかり
無知無才任侠の地の青毬栗
夢に会ふ亡き師笑まへり明易し
八束先生
日盛りに出て炎の色の蝶と化す

炎天をひらひら焦がす黒揚羽

夏蝶の水面に触れて炎むらだつ

敗戦忌なり胸内に乱舞の蛾

一匹の蚊に血を頒けて終戦忌

夾竹桃いまも焦土の臭ひ秘む

輪廻とや夕べしぼめる紅芙蓉

パナマ帽ちよつとあみだに堀辰雄

信州追分回想

落魄の躬を思ひをり桐一葉

谷川岳蕭条と顕れ秋気澄む

秋冷や土合・茂倉魔のとばくち

（注）とばくち＝入口のこと

谷川岳の秋冷魔より神々し

秋冷や一の倉沢凜々とはだけ
衝立岩垂直鷹を翔たしむる
遭難の霊鎮むかに紅葉濃し
かなかなや諏訪峡跨ぐ笹笛橋
夜霜降り橅の樹肌を潤はす
昇降機秋思の遠嶺近づけり
十月の雲押し移り遠嶺晴
威し銃遠嶺の雲も打ち払へ
流転輪廻火色ひろげる曼珠沙華
ぶちまけしごと火色濃し曼珠沙華
草虱存分につけ彷徨す

からす瓜ぶらぶらゆらし蔓たぐり
鶏頭花今生なべて罪と罰
蓑虫のゆるるに己が影合はす
露しぐれ湖畔の草木うちなびき
野葡萄の熟れ頃小鳥通はしむ
とぶ木の葉地をする落葉不況風
嶺々冬に潺潺せばむ湯檜曽川
朴落葉丈余の鼻の天狗面
上州無宿忠治の墓に落葉降る
花野よりことばあつめてきたりけり

野島さん句集上梓を祝し

栗の実の栗色濃かり毬を脱ぐ

志賀さん県文学賞を祝し

拉致許すまじ霜柱踏みしだく
寒林に人体透けり拉致許さず
脱け落ちてゆかしや木の葉髪といふ
ひらひらと風に呼応の一枯葉
鮮らかに遠嶺澄みをり神旅に
木の葉髪詞芸に賭けしこと悔やまじ
上州武尊凛と冬雲浮かしむる
残菊や老いのきざしのあからさま
炉ばなしのそろそろ嘘つぽくなりぬ
寒林の一樹に温み父情濃し
反体制派ならねど寒林へ逃避行

核もテロもこの世に不要凍てきびし

あとがき

句集『恬淡』は『傾斜』『半弧』『独語』『刺客』『繹如』『無何有』に続く第七句集で、平成十二年より平成十四年までの三年間の集積である。

主宰誌「やまびこ」が六百号を閲したことと、第三十一回高橋元吉文化賞受賞を記念し、さらに言えば私の傘寿を自祝するということをも加味しての上梓である。

句集名の「恬淡」は、「やまびこ」発表の「恬淡抄」をそのまま題名とした。恬淡は、「無欲恬淡」の無欲をはずして恬淡としたものである。なぜ無欲をはずしたかと言えば、人間生きている限り無欲には成り得ないと自覚したからである。俗に五欲と言えるものがあり、その五欲のすべてが無欲に成り得たとしても、生への欲は、そうかんたんに捨て去ることは出来ないのではないか。だからせめて「無欲」をはずして、「恬淡」と生きたいと言う思いをこめての「恬淡抄」としての三年間の集積が、この句集と言うことになる。

「恬淡」とは、あっさりしていて、欲がないことと理解しての命名である。有季定型の枠組を守りつつ、人間の生きざまを克明に俳句詞芸の中で、どこまで追求することが出来るか、と五十数年間、この道一筋に徹し、ここに第七句集を編むことが出来たのは、健康で今日があるということに尽きるが、その健康な五体をこの世に与えてくれた今は亡き両親に心より感謝を捧げたい。

「日常些事にポエジーを・生活の中に歌声を」の提言を、この句集でいささかなりとも求め得ることが出来得たかどうか、甚だ心もとないのだが、多少なりとも共鳴共感される点があれば望外である。

平成十五年四月二十二日

やまびこ草舎にて　吉田未灰

淡《たん》如《じょ》

平成十八年一月二十日
本阿弥書店
四六判　函入　二四〇頁
定価二九〇〇円
収録句数　四四九句

平成十五年

冬さくら

鬼石桜山　十句

碧落へ白炎なせり冬さくら

冬さくらびびと張りつむ穹の碧

風哭かせ山脈哭かせ冬さくら

翅虫寄せ枝ふるはせり冬さくら

あはあはと八束の詩韻冬さくら

しらしらと一花凜たり冬さくら

さくら山寒し無聊の歩と杖と

百枝張り天と触れあふ冬さくら

冬さくらみかぼ山なみ澄み透る

冬さくら無韻の刻を吾に与ふ
歳晩や工事燈のみ生きてゐる
白息を吐くけものらもにんげんも
平穏と無事を諾ひ去年今年
数へ日や数へあぐねし己が齢
押しくらまんぢゆう影錯綜す冬日向
北朝鮮《ほくせん》憎しせつせつと積むささめ雪
雪片に重さありけり打ちはらふ
日だまりは風吹きだまり蕗の薹
祝ぎいくつ忌みごといくつ枯れ無尽
ふるさとにあるは墓のみ春立てり

春の雪まづしき詩嚢ふるひたたす
雪代濁りして片品川滾つ
恋猫の気まづげに水呑んでをり
どぼどぼと初午太鼓しめりがち
負け惜しみにあらず雅びに春の風邪
早咲きの梅見がてらに達磨寺へ
枯葎生きとし生けるもの秘むや
花八ッ手終日翅虫寄らしむる
子持嶺も小野子も凜と冬構
寒明けの気息淋漓と躬を透す
　第三十一回高橋元吉文化賞受く
妻に購ふ一刀彫の内裏雛

寸鉄一閃まさに行劫《ぎやうこふ》地虫出づ
尼寺跡の礎石累々春の霜
踏青やいつまで今を保てるや
切れ字こそ具象のいのち青き踏む
右眼茫と帰雁の列を左眼に嵌め
溶けはじむ山湖の氷面の哭くごとし
フリージャのむらさき妻の彩ならむ
動悸息切れ骨粗鬆症青き踏む
参道は亀甲がため笹子鳴く
禅刹に修行僧見ず冴返る
禅庭に石の弥陀仏二月寒む

山門に剥落仁王寒戻り

きさらぎの麦生や青をきはだたす

城址二の丸蕗の薹のみ顔のぞかす

春光や花眼にものの影ゆるる

老残の躬もあはあはと春愁ひ

十一面観世音寺宝となせり梅真白

梅の香に吐き出さるごと寺苑出る

ものの芽吹くわが病巣もうごきそむ

湖辺より溶けだす氷面の音きしむ

薄氷や体温三十五度六分

恋猫の傷舐めあうてをりにけり

雲雀昇天人らおのづと穹へ向く

亀鳴くや畏敬と憎悪紙一と重

啓蟄のマンホールより男ごゑ

春燈下艶笑小咄隠れ読む

黄砂降る沖ゆ帆船けぶらへり

諳ずるコクトーの詩やさくら貝

神隠しあるやも蛙の目借時

春夕焼子らちりぢりに家路指す

散る花に風のありどを知らさるる

風に舞ひ落花ひらひら谿めざす

落花狼藉酔歌放吟千鳥足

かげろふに半身ゆだね野を駈ける
雀隠れしてゆるるものゆらすもの
脇往還に夜盗道あり蝶舞ひ来
白井宿弥酔句会　三句

八重桜武者行列の武者凜々し
はなやぎは十重に白井の八重桜
瀧音の吹きぬけてゆく峡の穹
吹割の瀧　四句

瀧への径つかまり歩きして降る
靴底まで瀧じめりせり滑りさう
瀧しぶきに顔たたかれつ瀧のぞく
河波姫伝説時空にのせて瀧すずやか
川場吉祥寺　五句

思惟仏へ添ふやうに花つけし著莪

夏蝶ひとつ寺領の闇に呑まるるか
蝶・とかげ山門を抜け釈迦堂へ
灯すかにきち女墓石に天道虫

下仁田荒船支部吟行
八句

鬼ヶ淵の蒼きへ草矢ひやうと射る
憎しとも憎からずとも草矢の的
宝篋印塔しんかんと在り緑蔭裡
神木の欅大樹に蜘蛛と吾と
蟻地獄無数本堂裏閑寂
山繭の草色犯し梢ゆらし
山繭のしばし林中さざめかす
行けど歩けど万緑の香を抜け出せぬ

万緑に躬を染めたくて歩きけり
落し文拾はれてより不仕合せ
祈るごと地にどくだみの花十字
晴間得て梅雨の伊香保呂木々照らふ
妖かしの夜蜘蛛家霊をつれて来し
蛞蝓のかくも肥えたり年金減る
蠅・蜂・毛虫なべてどいつも撃ちてしや
短夜の夢の筋だてこまぎれに
百選の水に恵まれ螢舞ふ
どこかでテロ社殿の裏の蟻地獄
湖畔ここより緑蔭深し踞みこむ

自衛隊法改正ちかし梅雨鬱々

八束忌の身ほとりかくも梅雨じめり

迷ひ脳裏に不安背後に木下闇

茂り出て野犬のごとく荒息す

蛞蝓の這ひたる跡か白光す

ひと悼み来てむせかへる草いきれ

来し方は崢《さう》嶸《くわう》に似て青葎

十一や伊香保かみなり坂けはし

竹煮草鉄色濃くす河鹿沢

河鹿笛湯瀧の音に消されざる

岳降りて来し火蛾翅音たくましき

伊香保　四句

利根矢瀬遺跡　四句

疾走の蛇くさむらをゆらし過ぐ
縄文いろに太る蒲の穂矢瀬遺跡
洞涼し縄文土器と埴輪並ぶ
滾つ瀬の梅雨にいや増す法師川
わくら葉の青きはかなし死を恐る
蓮開花咫尺千里に在はす仏陀
行き帰り石仏に触れ萩に触れ
秋つばめ昨日の彩の空残し
武将名の鍬形雄々し幹伝ふ
峡深くなるほどひくくなる蜻蛉
桐一葉旅愁も些事としてしまふ

雁来紅いつもうしろに敵視受く
白地着て無才煩悩かこちけり
この先は知らぬぞんぜぬ道をしへ
山墓のくらさ綿虫ただよはす
綿虫のなぜか人恋ふ寄りて来し
八方へ綿虫散らす訃の知らせ
綿虫のひかりつつ山の翳りひく
負ひし子になぜかまつはる雪婆
綿虫の右往左往す野辺送り
綿虫や忠治抜け出し裏街道
碓氷関址の門にむらがる雪婆

綿虫や利根に悲恋のきち女墓碑
真言密教にあらね呪文のごと綿虫
綿虫の綿付着させ富むごとし
顔打つ綿虫反戦平和叫ぶかに
秋蝶のひとの頭上をさけるごと
秋思とや咫尺にものの影置ける
はたはたに頭を越されたりいまいまし
花芒　白寿窓月車椅子
ばつたとぶ草叢を越え吾を越え
末枯や翔ぶものなべてひかりもつ
夢二歩みしはこのあたりかも草もみぢ

中之条離山句碑公園
三句

吾が句碑に飛蝗とびつくを許しおく

盤石の風生句碑や露しとど

句碑公園に来たる証しの草じらみ

箕郷支部吟行　三句

奪衣婆の形相けはし末枯るる

御前曲輪跡とや雑木もみぢせり

木の実落つ二の丸跡や坂がかり

名もなく

平成十六年

魑魅魍魎跋扈す頃か火恋し

火恋し妖怪変化ざわざわす

火恋し詩眼まつたく曇りたる

冬めくや岸辺の葦は風に哭き
川波のささくれてをり浮寝鴨
裏山が好きで踏みゆく落葉径
綿虫や生れ在所に知己をらず
彼奴に付き来し綿虫か吾に寄るな
雪虫やほういほういと風の児ら
綿虫や蘆花も夢二もこの坂を
枯葎越すに野放図横柄に
枯れ尽きて切なきものにうたごころ
日々溜る落葉神仏に恃む齢
浪漫派とうそぶき老いて着ぶくるる

みほとけも神も棲ましむ枯葎
虎落笛しばしこびとの国にをり
葬送の楽となりしかもがり笛
行く年を惜しみつ句座の隅に在り
初灯し血のつながらぬ仏ばかり
狐火に誑かされて老い痴れむ
着ぶくれて恋には杳き身のこなし
風花の濡るるほどには飛ばざりき
八ッ手花季死期ちかき蜂翔ばしむる
枇杷の花老いのしがらみ十重はたへ
爐ばなしの座敷わらしに首つたけ

黒岩喜洋さんの県文学
賞を祝す

実直に生きし証しや草は実に
飄々踉々枯野行き尽くところまで
数へ日やいくたび反古を燃やし継ぐ
荒くれの上州言葉凍てを裂く
死神に憑かれ縹渺たる枯野
寒林に入るあきらかに殺意秘め
年越しの酒にほろ酔ひひと目ぼれ
河島英五の歌に涙し年惜しむ
上州に棲み吹越と空つ風
笹鳴きをききとめてより坂下る
雪中を来て爐ほとりに濡れほぐす

寒行の鐘も太鼓もわざとらし
冬川の駘蕩として物流さず
大寒や葬りの列の黒浄し
澄子逝けりぽつとひらきし冬すみれ

同人・荒牧澄子さんを悼む

米寿燦々霜の結晶日を弾く

荒井八重さんへ

まんさくの咲きそめ髪膚いきいきす
芽吹きしたたか峡の瀬音をたかぶらす
五十二類の衆生嘆かふ涅槃図絵

雙林寺　四句

涅槃図の象あふむけに号泣す
涅槃図の猫あらぬ方むきてをり
禅林の七不思議秘め冴返る

本木八重子さん急逝
二句

なに急きて春一番と逝かれしや
かの笑顔永久に消えまじ涅槃西風
春泥に一歩濁世にはまりこむ
春泥を地の始とし涯となす
老妻といふにはまだし咳ける
厨より妻のハミング水温む
春疾風来し方なべて疾やからむ
啓蟄と思ふ蹠に土のぬくみ
らちあかぬ拉致交渉や黄砂降る
拉致紀せ黄砂けぶらす北朝鮮
野焼せし躬に火の匂沁みてけり

野火追ひのおのづと火相してをりぬ

駆ける児の速さに応ふ風車

風車祖父にあづけて立尿る

ゆらぎつつ青浮きたたす葦の角

紅梅に触れきし指を妻に当つ

巣立ち促す親鳥のさそひ鳴き

花楓雨にけぶらふ八束墓域

彼岸二十二日　総持寺八束墓地に詣づ

春泥の靴畏れつつ墓に寄る

範頼の魂鎮めとや蒲ざくら

日本五大桜石戸の蒲ざくらと対す

さくら散る無性に辞世を欲しをり

花は葉に古刹に残る七不思議

火の色を重ねる寺の落椿
忍冬の香に詩ごころ旅ごころ
曇り日の彩たたへをり諸葛菜
樹齢誇るかに清雲寺の糸ざくら　荒川村　三句
樹齢六百年のしだれ桜に見下さる
初蝶か否悠々と舞ひ出せり
水かげろふ瀞へ漕ぎ入る舟たわむ　長瀞
八重ざくら汲まることなき薬師の井　白井宿　三句
北木戸口越後へ向けりつばめとぶ
土筆摘むいまも残れる夜盗道
花藤の香に酔ふは吾と熊ん蜂　藤岡　二句

藤房のゆれに総身めくらめく

花眼吾も雀隠れに躬を置かな

葉ざくらや花眼にしかと詩の一語

地の湿り吸ひこむやうに桐落花

つと出でし蜥蜴ふり向くそぶりみす

兜虫はかなしき玩具たたかへり

水激らせ青葉とがらす蛇喰谷

上日野

炎天へ蝶ぎらぎらと火焔なす

湖を泳ぐ蛇伝説の姫乗せて

湖を渡る蛇の全長水を切る

蛇這ひし跡歴然と草伏せる

夏草の剛きに水死体置かる

草いきれ検屍の遺体運ばるる

火蛾乱舞煩悩の火におのれ灼く

拙守りし一書悠久棕櫚の花

東風人氏へ祝吟

一書成り山々のみどり濃し

才一氏へ祝吟

疱瘡神の小さき祠や万緑裡

若楓貴船社殿へ磴五十

貴船神社　二句

山法師ダム湖は青を湛へをり

草木湖

梅雨蝶の木々のみどりに染みて翔つ

青嶺峨々水豊かなる川場村

青歯朶のしとね奪衣婆も思惟仏も

川場村　四句

緑蔭に憩ふや六腑浄らかに　　草津吟　三句

白つめ草の花に馬乗り熊ん蜂

屈伸の尺蠖枝と同色に

あぢさゐの藍濃し含羞の師は胸に　　八束先生七回忌

古代蓮の深遠の彩さゆらげり　　行田古代蓮　四句

蓮華浄土ならむや古代蓮咲けり

殺戮の世を歎くかに蓮散華

三千年のいのちの彩や古代蓮

直線はた曲線螢火の入り乱れ　　箱島湧水　三句

螢火の青炎黄泉へ弧を曳けり

青炎の螢火水辺より木々へ

世良田　四句

神領二百石炎暑に灼ける鉄燈籠
神域も寺領も暑し徳川領
縁切寺へぞろぞろ急ぐ蟻の列
菩提樹咲く樹下に万霊供養塔

高橋道子さんへ

霊妙不可思議蛇神を祀る泉の辺
神慮ありやありのたうてる瀕死の蛇
遠雷やはるけきひとへ思ひ馳す
天牛も鍬形虫も遊び仲間

下仁田常光寺　四句

焼酎の酔ひ廻りきて饒舌に
青き蓮の実食ぶや一切衆生かな
俗身吾も蓮のうてなに乗らしめよ

蓮ひらくとき浄心の韻生むや
仮幻の八束蓮のうてなに乗りて来よ
葦そよぐ鏑川畔の逆さ波
うすばかげろふ刹那に翅をたたみけり
地の灼けを蹠に原爆忌の祈り
蟻の列しかと行くべき方を指す
から松落葉針千本を散らすかに
新涼や地霊の声す風穴洞
胡弓かなしおわら手ぶりも風の盆
岩と水と秋思の吾ら一景に
羚羊に視られつ吾ら固い木の実

吾妻渓谷　二句

南無と触れし寝釈迦秋霖の冷まとふ
紅葉谿へ雨の寝釈迦は足向けて　沢入塔の沢　二句

草は実に足尾赤崩崖《なぎ》さびさびす
俗名の坑夫の墓の錆すすき
草枯れて無宿の墓の凄絶に　足尾　三句

湯元川鉄色濃けれみそさざい
斑濃なる宗祇楓や湯元冷ゆ　伊香保湯元　二句

間引絵のあなおぞましや枯れ急ぐ　八崎薬師

木の実落ち眠り羅漢を覚ましむる
木の実踏み老年とみに膝ゆるぶ　はぐれ羅漢山　二句

余震なほ五弱四強神の留守　中越地震　二句

身に入むや夫婦浮腰地震に耐ふ

霧に意志ありや山肌押しのぼる

台風報に不安つのらせ雨戸閉づ

草香に溺るにあらね躬を屈す

吾亦紅文弱詩徒を嘲笑ふ

悪食の家系蝗を炒りて食ぶ

露けしや骨きしませてやをら起つ

蹰みぐせの吾をあざけるや残り虫

反骨無頼露の草原薙ぎ倒す

爺婆の終ひは盛土草もみぢ

八十路爽やか頼られることあまたあり

枇杷の花名もなく死せる父と思ふ　不孝を詫ぶ

八束忌

平成十七年

冷まじや領海侵す潜水艦　中国原子力潜水艦

地割れ崩壊尻目に群るる綿虫奴　中越地震　二句

凩一号越路の余震いつ収まる

絶妙に瀬を切る背鰭遡上鮭

国分寺跡の礎石埋めし草もみぢ

神留守の神域落葉降るばかり

熊出没の話題ばかりや神の留守

立冬の神域犯す犬・猫・鳩

散り敷きて山茶花いよよ盛りなる

柊の香の夕闇にひろごれり

枯谷をゆらしひびける発破音

寒林へ追打ちかけるごと入りぬ

枯木々の風に哭く枝笑ふ枝

女体もかくや凹凸美しき冬砂丘

神還る霜の結晶棒立ちに

狐火のぽぽぽとゆるるあやしやな

聖夜の灯寒し三鬼の句を誦す

綿虫やおのづと出でしくになまり

なりふりもかまはず酌めり温め酒

初霜や木々濡れ色を美《くは》しくす
霜降りて寺の大屋根ひきしまる
枯葎わが老いざまに似て激し
枯無尽やつさもつさのけもの径
越後七不思議とや一陣の鎌いたち
一月の山河稜々たり浄し
賀状に認めし　四句
上毛の山河澄ましむ初み空
破魔矢受けてよりの一歩は神のもの
喨々と一月の川横たはり
日向ぼこ老らの話題先ほそり
咳けば年相応の皺深む

鎌いたち悪人どもの首刎ねよ
風邪声の妻いたはればいたはらる
雪眼鏡していつぱしの猟夫ぶり
かなしげな顔で溶けだす雪だるま
足萎えの伴侶は杖ぞ枯野行く
寒林の一樹に倚れば髪膚冷ゆ
綿虫乱舞大地の彼方死の乱舞
イラクに平和なるか冬木の芯に鼓動
雪積むや上枝《ほつえ》下枝《しづえ》の嵩違ふ
蕭々と冬嶺を哭かす風の修羅
身震ひをして寒行の末席に

梅まつりとて梅林に小商ひ

梅林の奥に御社ついで参り

白梅や清拭の遺体すこしずらす

梅白し死に顔白し嗚咽もらす

地虫出づ地に鼓動あり死を諾ふ

死はいつかくる芽吹く木に躬をあづく

春一番予報士が告ぐ火の用心

頬を刺す風は野のもの戻り寒

つちふるや葬りの旗の五色ゆれ

手を添へて幼なに土筆摘ませけり

老いてこそ華やぐと識る蝌蚪に脚

死とはなに蝌蚪に手足が生えそろふ

蜷の道永劫水の底を出ず

偽札・児殺し乱世と云はむ冴返る

猫柳水辺日のいろしろがねいろ

かぎろへば鉄路も人も曲りくねる

ゆふぐれが似合ふ魑魅《すだま》と座禅草

接骨木《にはとこ》の芽の大いさよ拳めく

まんさくや寺に伝はる縁起状

小綬鶏や寺のうしろに藪すこし

蜷の道なぜか左右に分れをり

掛声に応へるやうに野火猛る

つちふるや老いて哭かしむ膝がしら
野遊びや演歌シャンソン鼻濁音
濃すみれや善言《よごと》禍言《まがごと》神頼み
天上に辛夷達治の詩韻に酔ふ
堰疾し落花とどまるすべもなし

白井宿　三句

宿場八井飛燕地をすり反転す
八重桜散る重たさを意中にす
青岩の寂と新樹の風起す

下仁田吟行　三句

ちさき蝌蚪ひらひらひらと平泳ぎ
城跡といふも寂寥椿落つ
コスモポリタン三鬼の忌なり四月馬鹿

連翹忌塑像のやうに漢佇つ
飛花落花また狼藉の始まりし
杉花粉金正日へ降りかかれ
夜ざくらへ徒党組みたり愚かおろか
八束亡しかげろふに吾も消すべきか
病めば妻気弱になれり落花急
藤田湘子の死を悼むかにさくら散る
梅は実に老軀しやつきりしやんとせり
こもり居の雀隠れといへるほど
狂ほしきほどにはあらね薄暑光
八十路吾に視られうなだる翁草

木蔭出ること憚らむ薄暑光
くくられて竹の子丈を同じうす
白藤の香のうつすらと蜂寄せて
藤波の音たてて虻たたしむる
藤房の八重は重さうこぼれつぐ
詩嚢肥やさむと藤房に頭を打たす
青胡桃もう若からぬ足はこび
十薬や露地住み誰もやさしかり
夏蝶の黒は忌みいろとぶらひ色
博徒の墓に巣くふ土蜘蛛日の目見ず
風穴に太古の気流苔青む

足利の藤　四句

富岡市白岩「和乃食磯貝」にて即吟　五句

腰窓にのぞく木賊の青涼し
天上に向く山法師うすくれなゐ
あぢさゐの藍は好もし君の彩
風を得てとぶそぶりみす楓の実
にほふごとすつくすつくと今年竹
山繭のみどり濃ければ葉と紛ふ
沢蟹の肢ばらばらに横泳ぎ
短夜の推理小説謎のまま
若竹の群生跋扈葉騒生む
般若心経誦じるやうに水馬
悠々と木肌になじむ枝蛙

拾はれしことが殺生落し文
八束忌の雨に彩浮く濃あぢさゐ
火蛾は灯に吾は詩に殉じ老いゆくか
老骨にまだある意地や火蛾羽搏つ
蟻地獄より見ゆ触手はがねめく
入魂のごと螢火の交錯す
水馬跳ね水輪の枷を抜けだせず
沙羅落花踏めば彼の世へひびくかも
赤ん坊はごむまりの如天瓜粉
恥ぢらひの仕草愛らし裸の児
黒揚羽二つ吐き出す墓地の裏

蓮田ゆるがすやうに鳴きだす牛蛙

雷鳴のおどろ死神つれ来しや

濁世抜けたしと茅の輪をくぐりけり

灯心とんぼかろやか軽み句に求めむ

走馬燈輪廻のごとし目眩まし

車前草踏まるるための花つけて

桐一葉詩心萎えしを諾ふや

背丈越すほどにたくまし秋ざくら

野の広さ計りしごとく蟆蚸とぶ

夢二歩みし花野をけふは妻と歩む

鬼やんま威風堂々飛翔せり

榛名　三句

悼む福島千どり様

菱咲かせ沼面は翅虫とばしそむ
ほほゑめるかんばせ菊の香に埋もれ
白菊百花その香浄らに死のかんばせ
意志表示するかやつんつん新松子
もの云はぬことを栖とし虫の闇
死後のことあれこれこれぞ秋思なる
生きすぎて泣かぬ蚯蚓に鳴かれをり

榛名湖畔　二句

伏兵めく鳰深潜り浮上せず
しろがねの風芒野を蹂躙す
かつて無頼派いまは虫音に目を細め
綿虫は打ち払へ詩心こそ摑みとれ

甌穴の底ゆしぐれの彩湛ふ　四万川

冬紅葉旅人憩はす照葉峡　利根　三句

諏訪峡の水平らかに散もみぢ

蒲の穂の縄文色に遺跡寂ぶ

あとがき

句集『淡如』は、『傾斜』『半弧』『独語』『刺客』『繹如』『無何有』『恬淡』に続く第八句集で、平成十五年より平成十七年までの三年間の集積である。

前句集を「恬淡」としたので、さらに淡々とありたいという思いから、句集名を「淡如」とせざるを得なかった、といえば言訳になろうか――、「淡如」とは、あっさりとしているさま、執着のないさまという意である。

今日、現在の私に最もふさわしい境地への発意の語と思えるが、いかがであろうか。しかし、そうはいっても、作品の内意はそうした思いとは裏腹に、淡々とは程遠いところを彷徨していて、忸怩たる思いにかられるのだ。人間生きてある限り、中々、淡々とはなりえないのではあるまいか。

或るときは悩み、或るときは悟り、或るときは笑い、或るときは悲しみ、そして苦しむ、これが生きざまの証というものなのであろう。

第八句集『淡如』が、私の命終のものとして残れば、もって瞑すべしか。

さて、憫笑されることを覚悟の上で、この『淡如』一集を、今は亡き石原八束先生の霊前に献じたい。

終りに、「日常些事にポエジーを・生活の中に歌声を」の提言が、この句集の中に、いささかなりとも求め得られていれば望外である。

平成十八年一月

やまびこ草舎にて　吉田未灰

解説

平野摩周子

第一句集『傾斜』

木 の 実 独 楽 人 生 傾 斜 し て 廻 る　（昭和二十五年）

第一句集『傾斜』は昭和三十一年刊行、二六六句収録。編者となった中野夜城氏の〈あとがき〉によると、

一人の人間の作品が、時間的に並べられた句集を見るのは、又新しい何ものかが発見されて心たのしいものである。（中略）人間末灰のあまりに強い人間臭に、読む人をして、又あらためて驚きの眼を見張らさせ、生活俳句と言ふものを、一つの形成されたものとして、読者の一人一人の胸中に焼きつける事と思ふ。

とある。

年譜を繰ると、著者は昭和二十五年、弱冠二十七歳で職場の同志にすすめられ「やまびこ俳句会」を結成、その主宰者となり、六年目に刊行された処女句集が『傾斜』である。そして、句集名は前掲の句から採られている。

若くして既に自分の人生を〈木の実独楽〉の回転になぞらえ〈傾斜〉の語をもって予感するあたり、したたかというか、青年期の客気というべきか、いずれにしてもこの句集を代表する句であることには間違いなく、いや、数ある未灰俳句の中でも可成り上位にランクされるべき風姿を既に備えていて何か惹かれるものがある。

喪章の針《ぴん》春著の胸に深く刺す　（昭和二十五年）

この句集の巻頭におかれ、つづいて〈木の実独楽〉の句が見られるが、〈喪章〉の句は『未灰唱百句』に採用されていない。しかし後年、著者の唱えられた〈俳句ドラマ説〉のことなど思いながらこの二句に接するとき、いかにも首途にふさわしく、青春の香気が立ちのぼるのを感ずるのである。

旱天の亀裂真赤な唐辛子　（昭和二十六年）

それぞれに異なる二物を衝撃させて第三のイメージを生む手法は、いわゆる「社会性俳句」全盛の頃によく用いられたものである。この句はその範疇に入るであろうか。〈旱天の亀裂〉と〈真赤な唐辛子〉。唐辛子の赤さは写実的な赤に違いないが、この句の場合のように十七音を意味的に上八音と下九音に分ける詠い方になると、単なる〈真赤な唐辛子〉に止まらず、象徴的な色合いを帯びてくるのである。

一般的に色彩の感情表現は、色の刺激に対する人間の精神の反応ともいわれる。〈赤〉は火の色であり情炎の意もある。また血を基調とし権力のしるしでもある。

この時代の著者をとり巻く社会環境、生活状況は著しく劣悪であったことは現在では到底想像すら出来ない。

左右に子を寝せて霜夜の父となる　（昭和二十六年）
嬰児抱く耳の中まで濃き夕焼　（　同　）
青リンゴ酸ゆし借財妻子に秘む　（　同　）

こうした時代背景の中で情緒的な抒情を拒否し、不安感の中から現代の乾いた抒情を探求しようとする意図が窺われる。

火夫春愁火色に染みし胸ボタン　（昭和二十八年）
牛の尾がひらり〳〵と枯野指す　（　同　）

前句は先の「赤の系譜」に繋がるもので、〈火色〉には常に火と共にある職場に身を置く著者の〈火〉への共感とロマンが内在する。働く者の象徴たる作業衣の〈胸ボタン〉が〈春愁〉のとき火色に染まるというのである。若くして子を持った男の愁い顔が浮かび上がってくる。

後句は、〈牛〉がまだまだ農耕とか搾乳など私たちの生活の周辺にいて、起居を共にしていた当時の風景である。特に農村と断らなくても、市街地を少し離れれば、〈牛〉がいて〈枯野〉を見ることができた。

この年、NHKの連続ラジオドラマ「君の名は」が空前の大ヒットとなり、その時間帯の女湯を空にしたという話は今や伝説となっているが、人心もやっと落ち着きを取り戻し、日常生活の中に安らぎを見出しはじめた頃の所産である。〈ひらり〳〵〉が何とも快いリズムを伴い、蕭条たる枯野に向けられた暖かな眼差を感ずるのである。

遠くメーデーよいしょ〳〵と杭打ち込む　(昭和二十九年)

啄木忌さみしくなりて逆立す　(　同　)

この二句の背景となっている昭和二十九年は、戦後の復興期を支えた吉田内閣が倒れ、鳩山一郎率いる民主党に政権が移行する一方、マグロ漁船第五福竜丸がビキニ環礁での米水爆実験で被災するという大惨事が発生、原水爆禁止運動が全国的に波及し展開された。著者の生活基盤である当時の国鉄においての職場闘争も一段と激しく、そうした趨勢と渦中にあって必死に詩心の保持に努める著者の姿勢が窺われる。前句は、〈メーデー〉を視野に据えながら、現実をしかと見凝め、その基となる〈杭〉を打ちこむ姿が活写されている。この句の〈よいしょ〳〵〉の掛声も見事な効果音を放っている。

また後句は以前にも触れたように、右文書院刊、石寒太著の『俳句日暦』にも収められている。貧困のうちに世を去った啄木の人生と現在の自分を重ね合わせ、照れかくしに〈逆立ち〉という所作をもって表白するという見事な作品である。

金魚脱糞夜もろん〳〵と飛行音　（昭和三十年）

保守政治の安定路線の中で「神武景気」の到来と、一般家庭の電化時代の幕開けとなった年、しかし、著者にとってそう手放しで喜べる状態ではなかった。

芽木の囲のあかるさにいて平和欲る　（昭和三十年）

貧いつまで昼のほたるの尻赤し　（　同　）

などが、前掲作品の前後に見られる。

第一句集『傾斜』はその後の末灰俳句を語る場合、不可欠の要素がつまっていて大変重要な位置を占める。そして戦後の混乱期を逞しく生き抜いていく青年俳人、吉田未灰の息吹きを充分に感じとることができるのである。

触れ得なかった作品を左に掲げる。

窮乏や妻子と雁をみて帰る　（昭和二十五年）

遠野火やわれに継ぐべき田畑なし　（昭和二十七年）

啄木忌蟹よ横這うこと止めよ　（昭和三十年）

第二句集『半弧』

第二句集『半弧』は、第一句集『傾斜』より十三年後の刊行になるもので、昭和三十一年から四十三年までの全作品の中から、石原八束先生の厳選五〇〇句をもって編まれている。

冬椿咲けり父母在り孝なさず　（昭和三十一年）

俗に〈孝行をしたい時には親はなし〉という言葉があるが、反抗的な子が成長し、やっと親を親として認めるに至った頃には既に親はなく、もう少し早く気がついて優しい言葉のひとつもかけてやればよかったと、悔恨の情が湧き、臍を噬むといった子の心情を表し、親子の絆の微妙なずれをいつの世でも感じさせるものである。この句の場合は、これを下敷きにしているが思いは全く逆で、健全な父母がありながら孝養をなすことの出来ない自身の不甲斐なさを内省し、嫌悪感すら抱くのである。〈冬椿咲けり〉には、また季節は廻り、父母の好きな冬椿の咲く頃が来たのに……といった時間的な経緯が句の裏側に潜んでいてしみじみと心情に訴えかけてくるものがある。

地虫は尻から子は頭から世に出しや　（昭和三十一年）

八束先生はこの句集の序文の中で、著者の句風について「野放図で細心なこのリアリストは、……始めから……独自な逆説にみちた異色作を、先づ矢継早に打込んできてゐる」としてこの作品を含む数句を掲げ、「……この著者は地虫ではないから、尻から世の中に匐ひ出てきたのではなかつた。」と書かれ、著者との出会いを回想され、つづいて「いはば彼は頭から世に出てゐたのであつた。」と結ばれている。「吉田未灰年譜」を見ると、著者は十八歳で妻をめとり、十九歳で父となる。そして昭和二十五年には四人の子の親であると同時に、二十七歳で自誌「山彦」（現「やまびこ」）を発刊、主宰していることを知れば、益々、この句の意味、八束先生のご指摘の意図がよく理解できるのではなかろうか。

機関車に潜る白息交しつつ　（昭和三十二年）

この年の二月、岸信介内閣が成立し、社会的にはこの頃から核実験、安保闘争へとつながっていく何とも不安材料の多い時代であった。著者の勤務する大組織をもつ旧国鉄の職場を詠った作品は当然多くなる。この句はいわゆる「職場俳句」であるが、労働の場における機関車点検作業に眼が向けられている。同僚は勿論のこと機関車も自分の仲間と考える。〈白息交しつつ〉がそれだ。何とも人間味のある職場俳句である。また

枯木太幹機関車が吐く火の粉と星　（昭和三十三年）
虹消えて機関車鉄の色に据わる　（昭和三十五年）

など硬質な抒情追究のあとの見える秀吟である。
この句集には更に多くの〈メーデー〉を詠い〈火の職場〉〈闘争〉などを詠みこんだ作品が並ぶ。

メーデー不参の火色に憑かれ火がいのち　（昭和三十八年）
芽吹くもの眼搏つ終生火の虜　（昭和四十一年）

葱掘るやしんしん吹雪く遠嶺どち　（昭和三十七年）

この句についてはすでに八束先生の著書『現代俳句の幻想者たち』にとりあげられた名鑑賞文があるので略させていただくが、幾度読み返しても心にのこる文章であることはた

しかである。

葱の花生きるといふはくり返し　（昭和四十一年）

昭和四十年四月には最愛のご夫人を亡くされるなど、傷心癒えやらず、一連の苦悶苦闘の中からようやく立直りを見せる。笑現《えみ》夫人との再婚の話も進み仄かなやすらぎを日常に見出すことも多くなった頃の作品である。〈生きるといふはくり返し〉の語の独白には達観とは異った生身の哀愁が滲んでいて、惹かれ、且つ当時の弟子どもをホッとさせたように記憶している。

妻抱いて躬の証したつ雁の夜　（昭和四十三年）

「妻を抱く」という日常性の中の一齣を通して、ここでは「ＳＥＸ」の面からぎりぎりの自己表白をなしている。「ぎりぎりの自己表白」とは極限の自己に他ならない。妻を抱くことによって知る男としての意識、自覚、それは今、確かに生きているという存在感から成立し、一きわ高く啼いて過ぎる〈雁の夜〉があってはじめて完結する世界であろう。それは人間存在の根源につながるかなしびの世界への表出である。

がくぜんと野分に吹かる虹の半弧　（昭和三十二年）

「……半面のみをおして、決して全面の欲ばつた野望をおし進めないこの吉田の人と作品をも何がしかは寓意したつもりである。」と、本句集の題名の意図を洩らしておられる八束先生の序文の一節である。

訃に駆けて鼓動わがきく虫の闇　（昭和三十二年）
訃を己がものとなすとき秋冷えし　（　同　）
秋の虹半弧たしかに業火燃ゆ　（　同　）

今も伝説的な位置を保つ若くして逝った須田優子に捧げた著者の痛恨とも悲痛とも表しようもない鎮魂のうたであること勿論のことである。

著者は「あとがき」で

半弧にもられた十三年間はまた、私にとってはかけがえのない人生の一転機でもあって（中略）自己の生き得た四十数年間でもっとも波乱に充ちた生きざまではなかったかと思えるのである。成長してゆく子供達と、それを支えての職場での組合運動、銀婚を目前にしての妻との永別等、人生における劇的な衝撃は、私のこれからの人生でもそう再々起るものでもなかろうから、そういう意味からいっても半弧は私にとってかけがえのない歴程の証しなのである。

と書かれている。印象に残った作品を左に掲げる。

豆 の 花 そ の 数 千 の 瞳 の 喝 采　（昭和三十一年）
雑木芽吹くは叱咤に似たり歩き疲る　（昭和三十二年）
さくら花季手を洗はさる保育児ら　（昭和三十四年）
四 月 噫 々 妻 の 忌 虚 子 忌 啄 木 忌　（昭和四十年）

第三句集『独語』

著者は句集『独語』の「あとがき」で句集発刊について「三十有余年の国鉄勤務から解放され、俳句一筋に徹することを期したこと、また、主宰誌『やまびこ』が三十年を閲したことの記念」の二点をあげておられる。これらを念頭において句集を読み進めていくと、修羅の記録とも思われる前句集に較べ、その後に訪れた生活環境の安定とともに今迄追求して来たリアリズム俳句への内省を含め、今後を見据えた本格俳人としての在り方を問うための充電の季節とも考えられる。その一方策と言えるであろうか、或る時期において圧倒的に旅の作品が多く見られる。

独楽疾し行く日来る日の血まみれに　（昭和四十四年）

虚実わがさきへさきへとはたはた翔つ　（　同　）

掲出句の〈行く日来る日〉〈さきへさきへ〉には、前述の修羅に苛まれた歳月を回想すると共に不透明な先行きにふと不安な影を見出し、惧れを抱くといった不安定な心理状態を読みとることができる。掲出の前句の後には

呪文めく黒い洋傘さざめ雪　（昭和四十四年）
人形の股間のつぺり冬夕焼　（　同　）

などが、また後句の前後には

秋草に躬のさらはるる四十過ぎ　（昭和四十四年）
崖上の精神病棟まんじゆしやげ　（　同　）

の句が見え、深い翳の部分に照射された視線を感ずる。

碧落へ火種のごとき音のごとき　（昭和四十五年）

この句には〈第二句集半弧発刊〉の前書きがある。
〈碧落〉はあおぞら、碧空のこと。『半弧』はまさに「修羅の句集」。著者の俳句人生途上において、わが道と決めながらも模索してきた上の句集発刊である。しかも「わが師」と定めた石原八束先生の大きな力を得て刊行されたとあれば、著者にとってこれにまさる愉悦はない。〈火種のごとき音のごとき〉の措辞には、自祝などという言葉では到底表現し尽くすことのできない深い感慨が内蔵されているのである。

わが影をはみでし木の芽月夜かな　（昭和四十六年）

この句は、水原秋櫻子編『現代俳句鑑賞辞典』（東京堂出版・有働亨執筆）に掲載されているので省く。一つ補足すると、この句の前書きに〈二男文夫結婚〉とある。背景を知ることによって著者のしみじみとした感慨が更によく解り、何ともふくよかな詩情に読者を包みこんでくれる。

風韻のこだまかへしに寒ざくら　（昭和五十二年）

〈鬼石桜山〉の前書きがある。この年を含めて著者は旅に出ることが多い。まるで何かに憑かれたかのように。そしてその都度、作品を詠む。というよりも吐く……。それは自然との感合、共生、一体化への希求か。〈寒ざくら〉は今や上州に身を置く人で知らぬ人はない。まして俳人にとって恰好の素材であるが現在のところこの句の右に出る句はない。それ程に格調高く、秀吟として心に刻すべき作品と言えよう。

旅人吾もをけら火を振り人混みに　（昭和五十二年）

風花や落柿舎の爐は火を置かず　（　同　）

二句共に〈歳晩より三日までを京都にて　七句〉の前書きをもつ中の作品。

前句〈をけら火〉は大晦日、八坂神社のおけら灯籠に点火される。人々はこの〈をけら火〉を家にもち帰り、雑煮を炊くための火種とする。著者は旅人の一人としてこの京の伝統行事の人混みに紛れ、行く年、来る年の感慨に浸っているのである。また後句は去来ゆかりの落柿舎、前者とは一転して人影も疎らな嵯峨野。門口脇に蓑が掛けてあれば主は在宅、無ければ旅に出ていて留守といわれた。著者は火の無い爐辺に坐し、座敷から次第に窓外に眼を移せば、今しも蕭条とした景の中に〈風花〉の舞うを見るのである。身を緊めるような京の底冷え。そして火のない〈爐〉、しかし〈風花〉によって著者は今、俳人として、去来の地に身を置くことのできた満足感に浸り、その時間を堪能したことであろう。

石仏の貌ぼうと昏れ雪起し　（昭和五十四年）

この句については「やまびこ」〈火と鉄〉に「一句の背景」と題した著者の自解がある

ので掲げさせて戴く。

新潟県瓢湖の白鳥を見てから北方博物館へ向っての帰路、浅い雪景色の中に端座する数体の石仏に会った。しばし魅せられて石仏との対話が続いた。突如、折からの厚雲を裂いて、ごろごろと石臼を転がすように雪起しが轟いた。冬の雷、寒雷、瞬時のことではあったが、〈雪起し〉の語が思わず唇を突いて出たのは神の啓示というほかはあるまい。降雪はいよいよ激しく、石臼を転がす音は、ふたたび、みたび真黒な空からしぼり出すように鳴って終った。しばらく雪空に向けていた眼を石仏に転じたとき、降りしきる雪中にあった石仏の温顔はかき消され、茫とした輪郭だけが眼前にあった。と一瞬私には思えたのであった。〈根雪が来るぞな〉淋しげに呟く雪国の老婆の声が耳もとをかすめた。雪まみれのまぶたから雪片が溶けて、涙のように頬を流れたのを今も忘れることが出来ない。（中略）この石仏の句が生れて以降、私には一花一草も仏様に思えるようになった。

この文章を読むと、人生のあるとき、あるものとの出会いが、どれ程大きな影響をもたらすものであるか、がわかる。文中にある「神の啓示」という言葉も見逃すわけにはいかない。旅吟のひとつには違いないが、それにしても大きな作品ということができる。
以下触れ得なかった作品八句を掲げる。

秋深し一語一語に火のひびき　（昭和四十四年）
一月や神へ仏へ身銭きる　（昭和四十六年）
草笛を子と吹くこころちぐはぐに　（昭和四十八年）
七変化咲くだまされてばかりかな　（昭和四十九年）
わくらばの一韻を掌にこもらしむ　（昭和五十二年）
沈丁の香まみれに寝て妻寄せず　（昭和五十四年）
一瀑か二瀑か夜目に白を持し　（同）
七月の燈台の白波濤の白　（同）

第四句集『刺客』

第四句集『刺客』は昭和五十五年より五十九年までの五年間の作品で現代俳句協会編、現代俳句の一〇〇冊シリーズ〔55〕として昭和六十一年に刊行された。

このシリーズの方針が既刊句集を含めてということもあって、既刊作家の多くはそれに従っているが、著者は折角句集を出すのだからという思いと共に、「過去に執着しない」という気持の表れとして第四句集の形をとったことを「あとがき」で述べておられる。

野火追ひの棒すさまじく先ぼそり　（昭和五十五年）

句集冒頭の作品は〈三日はや捨てるべきもの身ほとりに〉（昭和五十五年）と詠われたように、この句は、著者をとり巻く生活上の諸事雑事は勿論、思考も含めて、必要最小限のもの以外はすべて切り捨てるべしという年初にあたっての決意の表明であると同時に、句集名を『刺客』と命名した著者の清冽なる心意気とも符合する。そして、その思念の延長線上に位置する。

〈野火追ひ〉の一片の棒は、あたかも馭者の鞭にも似て縦横自在に〈野火〉を操る。あるときふと、その手元に眼を遣れば、尖端まで黒々と炭素化された槍のごとき一本の棒である。〈すさまじく先ぼそり〉は、その火勢を追い打ったあとの静けさを湛えた見事な傷痕への讃辞である。著者の鋭い眼光の所産である。

歩かねば芭蕉になれず木下闇　（昭和五十五年）

この年の七月、奥の細道・黒羽の旅（一泊二日）やまびこ夏期錬成会がもたれた。参加者二十一名。行程は奥の細道にて芭蕉が逗留した黒羽藩館代・浄法寺桃雪の第十七代当主・直之氏のご案内による吟行で私も一行に加わった。雲巌寺・白河古関・遊行柳・金丸八幡・黒羽芭蕉句碑等を巡った実り多く思い出深い旅であった。

青田風遊行柳へ道一と筋　（昭和五十五年）
踏み入りし夏草も田も遊行かな　（　同　）

などの作品を含むこの旅は、未灰俳句にとって一つの転機をもたらすものであったようだ。それは、その後、「やまびこ」に参加した同人、会員たちにとってまさに上掲句は経文の一篇のごとく脳裏に深く刻され、著者自身も「観る、感ずる、表現する」の常々唱導する三要素を、更に「眼前触発」へと一歩進め、その原点としてまず「歩く」ことを身をもって示されたまさに言行一致の作品である。

朴一花今日仏心をなほざりに　（昭和五十七年）

前稿で私は、句集『独語』が従来のリアリズム俳句の内省を含め、今後を見据えた一つの方策として旅作品の多いことを指摘したが、この『刺客』もまた多い。

しかし、これは「旅」の概念の問題でもあるので一概に云々できるものではない。何故ならば、この作品は、〈間瀬湖〉の前書きをもつが、これは前書きを必ずしも必要とはしない。むしろ、私には不要とさえ思われる。つまり、旅の所産ではあるが、いわゆる「旅行作品」ではない。ここに、本質的に著者の「旅」に対する態度を窺うことができるのである。

〈朴一花〉を眼前に据えた〈仏心〉についての対話は、宗教家に非ざる一庶民の信仰とは何かといった、素朴な設問であり解答でもある。それは、旅の風物に触発されたとき瞬時に脳裡を去来する一つの想念でもある。旅の恩恵、或いは神の啓示といった言葉をもこの作品は思わせてくれるのである。

鬼太鼓《おんでこ》の音の冴えくる冬怒濤　（昭和五十八年）

墓あるもかなし墓なきは枯葎　（同　）

〈大晦日より新年にかけて佐渡に泊つ　七句〉の前書きをもつ中の二句。前にも記したようにこの句集を支えている「旅俳句」の両極の一方を「奥の細道行」とするならば、他の一方は紛れもなくこの「佐渡行」であろう。

その心の様相は、生半《なまなか》な私の鑑賞よりも著者自身の筆になる一文を是非共紹介しておきたい。

墓あるもかなし墓なきは枯葎　未灰

昭和五十八年正月の三ヶ日を佐渡で過ごした折、無宿人の墓で詠んだ一句である。佐渡金山で重労働に従事した無宿人の数は数えきれまい。ましてやその末路はまことに悲惨であった。無宿人達の大方は坑内の水替人足として酷使され、死ぬまで佐渡を出ることはなかったと聞く。無宿人の墓としていまも残る一基の墓碑の前に立ち、墓碑に刻まれた十四名の無宿人達を思い、墓もなにも残っていない多くの無宿人達の怨念の思いが、無数に点在する枯葎の中に忽として映像してきたのであった。彼らの悲惨な死は、時の権力者によって闇から闇に葬りさられたのであろう。目前にある無宿人の墓とその背後を被う枯葎が、折からの山風の中に悲しい呪詛の声として心耳にひびいたのであった。

（「俳句」昭和五十八年十二月号「ことしの一句」）

刺客待つゆとりのごとし懐手　（昭和五十九年）

句集名『刺客』はこの句から採られた。

過酷ともいえる人生体験を積み重ねて来られた著者にようやく訪れた安定の季節。それは静謐な中における安堵か、それとも安堵の中の空虚感か。いずれにしても安定とはいえ、〈刺客〉が現れればいつでも迎え撃ち、切り結ぶ用意があるという心境である。この〈ゆとり〉をどのように発展させ、或いは転化させるのか。平穏無事とは無縁であった著者の身辺、そして想念の世界にどのような変化がもたらされるのか、この後に訪れるものをしずかに待つといった思いも込められている。

紙数の関係で残念ながら触れ得なかった作品を左に掲げこの稿を終る。

生きざまのまこと愚かし田螺這ふ　（昭和五十五年）
牡丹焚火待つしぐれ傘かたむけて　（昭和五十六年）
秋霖やのぞきてくらむ樹胎仏　（　同　）
死ぬる日は百虫すだく頃とせむ　（昭和五十八年）
枯れ激し己れはげます平手打ち　（昭和五十九年）
いそぐ蟻なまける蟻とすれちがふ　（　同　）

第五句集『繹如』

『繹如』とは長く続いて切れないことの意である。

本句集は昭和六十年から平成五年までの作品七九三句を各年毎九章に分けて編まれ、平成六年五月、「やまびこ」発刊五百号を記念して刊行された。

蝸牛の濡れあと光りらりるれろ　（昭和六十年）

句集の「あとがき」で著者は「日常些事の中から自然との触れ合いを眼前触発として把え、十七字音の中に己れをさいなみつつ、刹那に詠いとめるという手法を今日まで連綿と続けて来たが、果たしてこの執着は何であったのか、未だに結論めいたものはない。」と書いておられる。あるとき私は、「あなたは眼前直覚、わたしは眼前触発、上田五千石氏とこんな話をしたことがある」と著者からお聞きしたことがあるが、眼前は同じでも片や直覚、片や触発と、お二人の俳句への対し方の相違を大変興味深く感じたことである。「観る、感ずる、表現する」を一気呵成に詠いあげる、それが「眼前触発」であり、ここに未灰俳句は集約されるとも、原点があるとも言えるのである。

さて上掲句は、いわゆるオノマトペの変形とも見られる〈らりるれろ〉が何ともいえない効果を放っている。類似句として久保田万太郎の〈竹馬やいろはにほへとちりぢりに〉がある。問題は何故に上五、中七が〈蝸牛の濡れあと光り〉なのかである。これは言語、音感その他に繋がるもので、それを解明することはなかなか難しいが、少くとも〈蝸牛〉にはいろいろ意味性がある。例えば狂言に蝸牛を知らぬ冠者からなぶられる誰とか、「蝸牛角上の争い」などという、つまらぬことでこぜりあいをする譬などを踏まえ、ら音の効果を含んだ〈らりるれろ〉を考えていくと何とも不思議な世界が見えてくるのである。また少し視点を変えた詠い方の作品

葦芽吹くやつさもつさの残り鴨　（平成四年）

この擬態語の効果も秀抜である。まさに〈残り鴨〉の何とも慌しく、うろたえ気味な日々の生態が活写されていて、彼等の真剣な動作、表情とは裏腹にユーモラスな叙景が髣髴と浮かんでくるのである。

産みの足搔きの森青蛙泡まみれ　（昭和六十年）

やまびこ練成会の折の所産で、〈奥三河鳳来寺山周辺〉の前書きをもつ中の一句である。

仏法僧きくべく闇に息こらし　（昭和六十年）

眼が馴れて妻が見えくる青葉闇　（　同　）

などが続くいわゆる「まぼろしの仏法僧吟行」。掲句は昼の部の作品。鳳来寺山中を一行は奥の院から登山口の方へと逆コースを辿った折、ふと見上げた杉の大樹の枝から、その直下の池に今しも産卵中の森青蛙を目撃したのであった。森青蛙の〈産みの足掻き〉はそのまま俳句人生に処する著者そのものの姿、自己投影とも見られたのではなかったか。

黒凍みの道は師の道われも行く　（昭和六十一年）

〈八東氏へ〉の前書きがある。石原八東先生を生涯の師と定めたそのゆくたてはやまびこ『火と鉄（二九八）』に詳しく述べられているので省くことにするが、著者の俳句遍歴の中で大きなエポックを画したと思える三家、一人は庶民派叙情の田中午次郎、一人は、鋼質の庶民派、榎本冬一郎。はじめは午次郎、冬一郎という両極の庶民派俳人の振幅の中で著者の句風はいやが上にも燃焼していった。そこへ茫洋山の如き、石原八東が見えてきた。八束提唱の「内観造型論」が胸中をぐいぐいとえぐってきた。こうして著者のもっとも欠けていた部分を自覚する対象として石原八束の師像が鮮明に浮かび上ってきたのである。

掲句に関するように、一誌の主宰という立場にありながらこうした表明は勿論、勇気が要ることには違いないが、それを敢えて実践に結びつけるところに著者の姿勢、生きざまを見る思いがする。そして、この前後に隣する作品を併せ読むとき、その意志、真情の並々ならぬものを知ることができるのである。

歳旦の火を轟々とのぼり窯　(昭和六十一年)
凍つるもの凍てて己れにかへりなむ　(　同　)
女菩薩とまがふ妻居て懐手　(平成三年)
亀鳴くにあらず妻泣く夜なりけり　(平成四年)

前句に見られる女人を前にした〈懐手〉の著者の姿は「夫人渇仰」以外の何ものでもない。

かつて森澄雄は存命の時の夫人を

除夜の妻白鳥のごと湯浴みをり　　澄雄

と詠った。この句はそれと同次元の作品と言っていいのではなかろうか。私は以前、「縄如抄」鑑賞の中で「夫唱婦随か、はたまた婦唱夫随か、いずれにしても、俳句の道につながる円満なご夫妻の生活ぶりを眼のあたりにしてやまびこの仲間や弟子どもは、自分自身の俳句道への処し方を学ぶと共に、平和な家庭の在り方へも心を配ることを忘れてはならないと、真実思うものである。」と書いた。

その時はまだ笑夫人の句集『微笑』は刊行されたばかりであった。いまこの稿を進めるに当って、著者の作品と笑夫人の作品を年代に従って合わせ鏡のようにして辿っていくと、さすがというか、私の思いはますます不動のものとなったようである。

妻病めば名残りの虫のかく細し　　未灰（平成三年）

病む妻をこころに秋のへだたるや　　未灰（　同　）

吾が病めば夫の窶るる寒戻り　　笑（　同　）

含羞の眸は黄落へ見舞夫　笑（同　）

前掲後句の〈亀鳴く〉は藤原為家の〈川越のをちの田中の夕闇に何ぞときけば亀のなくなり〉（夫木集）により古くから季語としてある。またこの作品の前には

病む妻に侍すもおろおろ冴返る　（平成四年）

が見られ、ヘルペスの悪化からその後遺症で、夜になるといまも強烈な痛みに襲われるという笑夫人を思いやっての作品であること、いまさら言うまでもない。
本句集ではまだまだ触れたかった句を多く残してしまったので次に掲げておきたい。

火蛾せつに灯を恋ひ吾れら詩を欲るも　（昭和六十一年）
玫瑰や沖に散華の魂いくつ　（昭和六十二年）
風花や七人の敵意中にす　（昭和六十三年）
鶯鳴くや男の嘘とをんなの嘘　（　同　）
尺蠖ののぼりつめしは枝と化す　（　同　）
捩子花の思慮や右捲き左捲き　（　同　）

円翔し上昇し刺羽天へ消ゆ　（同）
芳次郎亡き鎌倉の花みもざ　（平成四年）
牡丹を数ふ七十以後うやむや　（平成五年）
摩訶菩陀羅摩尼恐山冬隣　（同）

第六句集『無何有』

句集名『無何有』について著者は「……読んでの如く、水の流れのように静かに、風のように淡々と、有か無かの境地への達意を示すための旗印として掲げた作句姿勢（詩性）でもある……」と後記に書かれているが、同時にやまびこ俳句会の理念「日常些事のなかからポエジーを、生活の中に歌声を」に対する主宰自らの実践の書とも言えよう。

制作期間六年（平成六年〜十一年）、収録作品九八九句、すべてに著者の「日常些事」「生活」への拘りが焙り出されている。

牡丹の百花ゆれねば詩心なし　（平成六年）

富貴草、深見草などの異名をもつ牡丹は、まさにはつ夏を彩る花王の名に背かない。この句は、「やまびこ」創刊五百号に達した平成六年六月号記念号の主宰作品、「無何有抄(6)」に発表された十二句中の冒頭の一句である。

そして、この句を含む十二句はすべて本句集に収録されているが、どの句にも著者の気息が横溢していて、中でも掲出句は句集全作品を通しても一際高処に位置し、牡丹に向けられた詩心の在処を見事に掬い上げている。
牡丹一花の揺れに心のときめきを覚えるのが普通かも知れないが、今の自分にとっては、それだけでは満足できない。せめてその百倍の花の揺れが欲しい。うたごころは、そこではじめて動こうというものだ━。極めて雑駁な解釈を試みるならば、このようなことであろうが、ただ、これで納得という訳にはいかないものがある。それは、いまは亡き石原八束師が著者、吉田未灰に贈られた言葉、「……自らの人生を見凝めようとするひたむきな熱意の底には、いかにもこの人らしい反語逆説の気息が細心にこめられている……」が思い出される。この作もその例外ではなく、〈百花ゆれねば詩心なし〉はまさに、著者の細心なる反語逆説に裏打ちされた気息そのものであることを見逃すわけにはいかないのである。

水洟のひきもきらずよ忠巳逝く　（平成八年）

〈田中忠巳君急逝　三句〉の前書がある。他の二句は

白梅やあつけらかんと忠巳の死　（平成八年）

生きてしは弔句に執し咳くばかり　（同）

「やまびこ」草創期よりの主要同人を突如喪ったときの著者の沈痛な表情がいまも脳裏によみがえってくる。

田中忠巳　昭和二年渋川市生れ。平成八年六九歳で死去。昭和二十九年「やまびこ」入会。二年後西東三鬼の指導も受け、三十三年「断崖」同人。三鬼逝去後、「やまびこ」同人として一筋に俳句に専念。この間、第六回やまびこ賞受賞（昭和三十三年）。

私が「やまびこ」に入会したのが昭和三十四年、つまり、私が入会した前年に彼は既にやまびこ賞作家であった。

私も弔句に添えて忠巳追悼の一文を草したが、彼の死の直前の句、「年用意死用意何もしたくなし　忠巳」には今も激しい慟哭の思いが身をはしる。

本句集には、忠巳の他にも同人、会員そしてその家族に対しても哀悼のまことが尽くされている。ここには師弟関係を超え、やまびこ人としての人間関係を詩友の絆と考えられる著者の証として痛哭の句が手向けられているのである。

百日紅百日燃えき吾は燃えじ　（平成七年）

己れ燃えねば陽炎も燃えたたず　（平成九年）

前句は〈百日紅〉、後句は〈陽炎〉を詠っていて、両句共に主観的な詠い方に共通するところがある。

〈百日紅〉はまさに夏の花。百日の夏を咲きとおすといわれるだけに何とも鮮やかで逞しく、近来とみに身体の衰えを感ずるようになった著者にとって、ある意味では羨望を抱かせる花でもある。かつてはこの花こそ「わが詩多産の夏」を象徴するが如く、闘志を燃やし競い合ったこともあるが、いまは〈百日紅〉が〈百日燃え〉ようとも、わが心には沸々たる思いがあるというのに燃えることができない……と、つい失意の言葉が口をついて出てしまうのである。この無念の思いは

螢火や老いても燃ゆるもの欲す　（平成七年）

であろう。つまり前句の主題は「老い」ということになる。意欲だけではどうしようもないといった諦感すら滲んでいて〈吾は燃えじ〉と詠わざるを得ない著者のさびしらな心情が惻惻として胸に迫ってくる。

後句は、勿論、主体は著者であり、前句同様に最終的には「老い」を詠っていることになるのであるが、異なるところは〈陽炎〉の燃えたたない理由として〈己れ〉に根元があるというのだ。

そしてこの句は連作の形をとっていて

陽炎へ己れ消さむと歩み入る　（平成九年）

陽炎の火中に己れ燃やさむか　（　同　）

の二句も見える。

青嶺よりこだま湧きつぐ抒情とや　（平成十年）

句集『無何有』の源流ともなっている作句姿勢とは、一口に言えば「抒情」の追求であろうと思う。そういった意味で、「日常些事にポエジーを・生活の中に歌声を」の提言は当然含まれるし、著者の抒情追求の姿勢はそのまま「やまびこ」の主張となっていると考えられる。

上州の風土を背景に、時代を超えて「抒情」の新風を意識下におくという宇宙的視野に立っての発想が掲句である。〈五百五十号自祝〉の前書が示すように「やまびこ」八月号記念号所載の句であるが、その巻頭言「火と鉄」に著者は「人間存在の俳句を旗印に、その指向はあくまでも有季定型の枠組みを守り、その中での革新性の追求、やまびこ創生期よりの合言葉『あたたかい血の交流と呼べば応える〝やまびこ〟を』」と、創刊時の精神を持続することの大切さを披瀝されている。

〈こだま湧きつぐ抒情とや〉の〈とや〉は、初心に帰って反問し確認する姿勢である。未灰抒情追求の方法には時代や環境、或いは思考過程の中で当然変化が見られ、というよりも多様な作品として結実されているのもこの句集の特徴といえるのではなかろうか。

じつとしてゐて凍鶴と呼ばれけり　（平成六年）
どんど火の寄つてたかつて突つかれる　（平成七年）
貨車越えてきしはたはたの鉄臭し　（平成九年）
かつてわが気性まるだし唐辛子　（平成十年）
薔薇あえか吾が胸中の革命歌　（平成十一年）

第七句集『恬淡』

平成十二年より平成十四年までの三年間の集積四三五句を収める『恬淡』は、「やまびこ」が六百号を閲したこと、第三十一回高橋元吉文化賞受賞、そして著者の傘寿自祝という重なる慶事を記念しての刊行となった。

句集名『恬淡』は、「無欲恬淡」の「無欲」を外し、「恬淡」、つまり、あっさりしていて欲がないとの意を著者は〈あとがき〉に記しておられる。

爐火絶やすまじ雪女溶かすまじ　　（平成十二年）

私の書架に、嘗て読売文学賞他歴程賞受賞の眞鍋呉夫句集『雪女』（平成四年刊）がある。序句に〈M―物言ふ魂に〉の前書のある

雪女見しより瘧《おこり》をさまらず　　呉夫

が掲げられていて、

口紅のあるかなきかに雪女
雪女溶《と》けて光の蜜となり
うつぶせの寝顔をさなし雪女

などが収められている。そして「後記」に『雪女』の問題として、

宇宙にロケットによる月面探索の行われている時代に、「雪女」とか「鎌鼬《かまいたち》」「竈《かま》猫《ねこ》」などの冬の季語について、これらは時代錯誤であるどころか、むしろ、最も未来的な可能性を孕んだ季語中の季語だといっても過言ではない。要するに「雪女」や「鎌鼬」や「竈猫」などによって代表される季語は、字義通り、われわれの蜉蝣《ふゆう》の生命を長大な時空に向かって解き放つための卓抜な発明であり、昇華装置にほかならない。

と記している。

前掲作品の〈爐火〉は北国の人々の冬の生活には不可欠な用具として捉え、『北越雪譜』によく登場する雪国の幻想譚〈雪女〉を同時に配することによって眞鍋呉夫のいうロマン

を湛えた一句となすことに成功している。

恬淡と生きるは難し大旦　（平成十二年）

新年の感懐句である。〈恬淡〉は「あとがき」に述べられている通り四字熟語の一つ「無欲恬淡」による。辞典には〈欲がなくあっさりしていること。人間、としをとると大抵こうなるものだが、なかには強欲な人もいるから面白い。恬は、やすらか、しずかの意。〉とあるがその「無欲」を外した語。

要は言行一致。まして句集の標題にまで掲げての新年の決意表明は可成り勇気の要るところである。しかしこの難事に敢えて挑戦するところに著者のなみなみならぬこころざしの高さを感ずるのである。

心眼に菩薩さゆらぐ花篝　（平成十三年）

〈吉岡町・長松寺句碑〉の前書をもつこの句は、五月二十二日、天台宗威徳山長松寺寺領の一角にある矢落観音境内に著者の第十一基目の句碑が建立され、盛大に除幕式がとり行われた。その黒御影石に刻まれている。

当日の模様は、「やまびこ」八月号の野島美津子同人の筆に詳しい。それによると、「碑うらにはこのたび吉田未灰主宰が平成十二年度群馬県功労賞表彰を受けられたのを記念して長松寺檀徒でやまびこ同人の田中美代子氏の推挽によりこの地に建立された」とある。因みにこの日五月二十二日は未灰主宰七十八歳の誕生日であった。

この句、〈菩薩〉に寄せる著者の思いは強く、嘗て尾島町普門寺境内に建立された句碑、

如来より菩薩にそそぐ花明り　（昭和六十二年）

にも詠われているように、路傍の石仏として祀られる野仏も〈菩薩〉が多いことから、いかにも庶民派を自認する著者に相応しい仏様である。〈花篝〉によって美しい心象造形に高められている。

無言館出て日盛りへしばし無言　（平成十二年）

〈無言館〉ができたのは平成九年で、場所は信州上田にある。私がここを訪れたのは開館間もなくの頃のやはり夏の日であった。丘の上に十字形の平面をもつ白亜の外観は教会を思わせる。内部はコンクリート打放しの壁面となっていてここに戦没学生三十一名の遺

作五〇点が展示されていた。今も私の手元にはその薄暗い館内で走り書きした一枚の絵に添えられた一文が写されたメモがある。

あと五分、あと十分この絵を描きつづけていたい。外では出征兵士を送る日の丸の小旗がふられていた。生きて帰ってきたら必ずこの絵の続きを描くから……安典はモデルをつとめてくれた恋人にそういゝのこして戦地に発った。しかし、安典は帰ってこれなかった。

日高安典　昭和十六年十二月東京美術学校油画科卒業。大正七年鹿児島生れ、昭和二十年四月十九日、フィリピンルソン島にて戦死、享年二十七歳　――弟、稔典記

私も数は少いがあちこちの美術館を訪ねている。しかしこの〈無言館〉は凡てにおいて別格、訪れた人だけが知ることのできる異次元の空間である。この句集には〈信州・無言館　五句〉として掲出作品の他四句があるがいずれもためらい勝ちな作品となっている。まさに

祈りむなしや命むなしや日照草　　（平成十二年）

としか詠うことのできない非情の思いがつきまとうのである。

拉致許すまじ霜柱踏みしだく　（平成十四年）

寒林に人体透けり拉致許さず　（同）

アメリカは北朝鮮をならず者国家と断じ、日本の悲願とする拉致問題解決に強力な支援を約束しながら最近になって如何なる根拠があってかこの禁を解いた。政治の世界はまるで信用できないと思いつつも腹立たしい限りである。著者ともどもに一刻も早い解決をのぞむばかり。腸《はらわた》が煮えくり返る著者の怒りが充分に響いてくる。

句集『恬淡』鑑賞も終章に近づいたけれどもまだまだ著者の思惑の「恬淡」には程遠いようである。

ここでも、触れられなかった作品を左に掲げることにする。

結氷の湖しくしくと哭き始む　（平成十二年）

薔薇の香や曾良逝きし日に吾が生れし　（同）

湖に出て夏蝶翅を荒使ふ　（同）

含羞の八束と吾と天の川　（同）
綿虫を発止とつかみ無頼めく　（平成十三年）
越後一の宮豪快に杉花粉　（同）
雁鳴くと電工宙に躬をそらす　（平成十四年）
不況吹きとべ師走朔日《ついたち》皇女生る　（同）
蟇出でて吾が晩年の貌に似し　（同）
炉ばなしのそろそろ嘘つぽくなりぬ　（同）

第八句集『淡如』

碧落へ白炎なせり冬さくら　（平成十五年）
冬さくらぴぴと張りつむ穹の碧　（同）
風哭かせ山脈哭かせ冬さくら　（同）
あはあはと八束の詩韻冬さくら　（同）
しらしらと一花凜たり冬さくら　（同）

句集『淡如』は第八句集にあたる。句集の命名とその思いについては「あとがき」で簡潔に述べておられるが、「この『淡如』一集を、今は亡き石原八束先生の霊前に献じたい。」という切なる願いのもとに編まれていることに注視し、その刊行の意義を充分に噛みしめなければならないと思う。

句集巻頭に位置する〈鬼石桜山〉とした一連十句は、八束師との邂逅の発端となった〈寒ざくら十句〉（石原八束句集『黒凍みの道』）以来、いかにして八束師の詩精神に迫り得るか、模索と研鑽を重ねて来られたその一到達点として示されたのが

あはあはと八束の詩韻冬さくら　（平成十五年）

という鎮魂の句を中枢に据えた〈冬さくら〉一連ではないかと思われる。

奇しくもそれは〈寒ざくら〉の石原八束作品、

澄みのぼる時空の風の寒ざくら　八束

虫媒のびびと空音《そらね》の寒ざくら　同

花びらの光りをひいて寒ざくら　同

寂けさは天つ夕日の寒ざくら　同

天空の瑠璃波だつて寒ざくら　同

など一連の句と対峙する形となったが、歳月を距てて師弟による同地競詠といった意味も含めて、それぞれの詩韻を堪能できると思うのである。

八束忌の雨に彩浮く濃あぢさゐ　（平成十七年）

八束先生の命日は平成十年七月十六日である。

集中、八束師を詠まれた作品は七句であるがそのいずれにも八束追慕の心と畏敬の思いに胸打たれるのである。

梅雨末期、日々藍色を深める紫陽花、それも〈濃あぢさゐ〉である。その梅雨の花と静かに対座されている著者の姿が見えるようである。〈八束忌の雨〉であるが故に〈彩〉には万感の思いが凝縮しているのである。

一誌一師を生涯貫く理念として若くより自らを律し、八束提唱の「内観造型論」に晩年のいのちを賭けることを悲願とするほどの純粋性は、まさに八束渇仰への滾る思いとなり、〈あぢさゐ〉の季節ともなれば鎮魂の情は更に色濃く反映されるのである。

この作品を句集見返しに揮毫されていることも八束先生に捧げる一巻であることの証でもある。

仮幻の八束蓮のうてなに乗りて来よ　（平成十六年）

八束亡しかげろふに吾も消すべきか　（平成十七年）

前掲〈仮幻の八束〉は、八束第十句集『仮幻』（平成九年刊）の「あとがき」に、病癒えてのちいつもの煙霞癖が高じ、海外への吟行に出かけたこと、特にエジプトの旅では

「さすがに長い歳月を超えた時空の中に炎暑のけむるようにたちのぼる仮幻の文化と詩の世界があふれていた。句もまた足で書くものかなと思った。」と述べられている。そして句集末尾には、

わが詩の仮幻に消ゆる胡沙の秋　八束

が掲載されている。そして著者自身がしるされるように、〈仮幻〉は八束先生晩年の大きなテーマのひとつでもあったのである。

〈かげろふ〉については、第一句集『秋風琴』所載（昭和二十二年作）の

原爆忌子はかげろふに消えゆけり　八束

を念頭においての作品である。

この長崎の〈かげろふ〉のもえたつ中に子供が消えていったそのかなしい風景を詠わずには居られなかった八束師を思うとき、著者は〈吾も消すべきか〉と悲痛な胸中を吐露されるのである。

兜虫はかなしき玩具たたかへり　（平成十六年）

この句の〈かなしき玩具〉を読めば、大方はかの啄木の第二歌集『悲しき玩具』を想起されるであろう。しかし、貧困と病の中で二十六歳の生涯を終えた彼の純粋性が言わしめたもので、決して本意ではなかったかも知れない。啄木といえば著者の青春期の秀作、

啄木忌さみしくなりて逆立す　（昭和二十九年）

が想起される。

黒褐色の底に艶やかな茶色を纏う兜虫の雄は、頭部に先の割れた突起を有する。その風貌には、子供ならずとも充分に闘争本能を感じさせられる。〈兜虫はかなしき玩具〉と著者が詠うとき、こうした背景が脳裡に交錯する。そして、歌を悲しき玩具として啄木に倣えば、著者もまた「俳句はかなしき玩具」として非情とも思えるたたかいに敢然と挑む〈兜虫〉に自身を投影されるのである。

本稿も第一句集『傾斜』より、『半弧』『独語』『刺客』『繹如』『無何有』『恬淡』と進み

そしてこの『淡如』は終章の第八句集にあたる。

私は未灰先生のほぼ全句集について刊行される度に鑑賞文を書かせていただいているが、第六句集『無何有』あたりから『恬淡』そして『淡如』に至るに従って次第に無私無欲、恰も禅僧の目指すがごとき境地を思わせる句集名が相次いでいることが気になっていた。しかし本句集の「あとがき」の「しかし、そうはいっても、作品の内意はそうした思いとは裏腹に、淡々とは程遠いところを彷徨していて、忸怩たる思いにかられるのだ。」の文章に出会い、正直なところほっとするのである。

勿論、無欲とか解脱とか、人の晩節が、深い思索を通して醸されていくものとするならば、さらに淡々とありたいとする願望も理解できない訳ではない。しかし一詩人、一俳人の立場からは、そう易々と精神まで老化されては困るのである。まだまだ燃えるような闘志や、切れば鮮血の迸るような作品を不肖の弟子である私は望んでいるのである。

句集『淡如』は「八束渇仰と鎮魂」を中心にして鑑賞の筆を進めてきたが、『淡如』一巻はまだまだ触れたい問題を多く内蔵しているし、当然そういった作品も多い。

したがって以下、私の触れ得なかった秀作を掲げてこの稿を閉じることにしたいと思う。

切れ字こそ具象のいのち青き踏む　（平成十五年）

諳ずるコクトーの詩やさくら貝　（　同　）

浪漫派とうそぶき老いて着ぶくるる　（平成十六年）

河島英五の歌に涙し年惜しむ　（　同　）

らちあかぬ拉致交渉や黄砂降る　（　同　）

野火追ひのおのづと火相してをりぬ　（　同　）

風邪声の妻いたはればいたはらる　（平成十七年）

火蛾は灯に吾は詩に殉じ老いゆくか　（　同　）

老骨にまだある意地や火蛾羽搏つ　（　同　）

生きすぎて泣かぬ蚯蚓に鳴かれをり　（　同　）

吉田未灰著書解題

平野摩周子

第一句集『傾斜』（山彦叢書第一輯）
昭和二十五年〜三十年　収録・二六六句
発行・昭和三十一年一月一日　発行所・山彦俳句会
まえがき・吉田未灰　編集後記・中野夜城

合同句集『冬木群』（やまびこ叢書第四輯）
発行・昭和三十三年七月二十日　発行所・やまびこ俳句会
序・田中午次郎　跋・吉田未灰　あとがき・田角瑞芳

第二句集『半弧』（秋叢書第十篇）
昭和三十一年〜四十三年　収録・五〇〇句
発行・昭和四十四年十月二十日　発行所・秋発行所
序にかへて・石原八束　あとがき・吉田未灰

第三句集『独語』（やまびこ叢書第七輯）
昭和四十四年〜五十四年　収録・五二〇句
発行・昭和五十五年五月一日　発行所・やまびこ俳句会
序文・なし　あとがき・吉田未灰

第四句集『刺客』（現代俳句の一〇〇冊〔55〕）
昭和五十五年〜五十九年　収録・三〇九句
発行・昭和六十一年七月三十日　発行所・現代俳句協会
序文・なし　あとがき（自伝風に、一師一誌、あとがき）・吉田未灰　解説・衆と個とやさしさの調和・中嶋秀子　吉田未灰年譜　吉田未灰著書目録

第五句集『繹如』（やまびこ叢書第十二輯）
昭和六十年〜平成五年　収録・七九三句
発行・平成六年五月二十二日　発行所・本阿弥書店
序文・なし　あとがき・吉田未灰

未灰唱百句（やまびこ叢書第十三輯）
第一句集〜第五句集　収録・一〇〇句
発行・平成八年五月二十二日　発行所　やまびこ俳句会
序文・なし　あとがき・吉田未灰
第六句集『無何有』（やまびこ叢書第十五輯）
平成六年〜十一年　収録・九八九句
発行・平成十二年九月三十日　発行所・本阿弥書店
序文・なし　あとがき・吉田未灰
『火と鉄』「やまびこ」巻頭言集成
発行・平成十年八月二十一日　発行所・本阿弥書店
序文・なし　あとがき・吉田未灰
『主宰一代』「やまびこ」五七五への軌跡
総合誌「俳壇」平成十二年一月号〜十月号連載
発行・平成十二年十一月　発行所・やまびこ俳句会
編纂・平野摩周子

『季題別　吉田未灰全句集』
第一句集『傾斜』〜第六句集『無何有』　収録・三三五〇句
発行・平成十四年十月一日　発行・やまびこ俳句会
編纂・原田要三　謝辞・吉田未灰
第七句集『恬淡』（珊瑚集）
平成十二年〜十四年　収録・四三五句
発行・平成十五年五月二十二日　発行所・東京四季出版
序文・なし　あとがき・吉田未灰
第八句集『淡如』
平成十五年〜十七年　収録・四四九句
発行・平成十八年一月二十日　発行所・本阿弥書店
序文・なし　あとがき・吉田未灰

吉田未灰年譜

大正十二年（一九二三）

五月二十二日、群馬県碓氷郡坂本宿に生まれる。本名三郎。家が貧しかったため、小学校四年のときに高崎の鍛冶職吉田家へ養子の名目で小僧に出されるが養家の没落で学業断念。上京し軍需工場に勤め寄宿舎に入る。その頃より少年少女文芸誌、「若人」、「若草」等に詩、短歌、俳句を手当り次第に投稿するも俳句だけが没、俳句こそ男一匹打ちこむべき文芸と心に決め、「雲母」、「草汁」、「俳詩時代」等に投句をする。

昭和十六年（一九四一）　十八歳

妻をめとりそのために各地を放浪。

昭和十七年（一九四二）　十九歳

長男勝行生まれる。

昭和二十年（一九四五）　二十二歳

五月、東京蒲田にて戦災。妻子と渋川へ疎開。国鉄機関区へ就職。終戦。長女美智子生まれる。

昭和二十一年（一九四六）　二十三歳

渋川町文化連盟俳句部へ参加、南雲信也を識り、時雨吟社、北毛俳句会等に加わる。

昭和二十二年（一九四七）　二十四歳

瀧春一の「暖流」入会。「高鉄文芸」の荻原水郷子を識り、金曜俳句会参加。

昭和二十三年（一九四八）　二十五歳

次男文夫生まれる。貧乏生活続く。

昭和二十五年（一九五〇）　二十七歳

次女朱美生まれる。俳句熱いよいよたかまり職場の同志にすすめられてやまびこ俳句会を結成。俳誌「山彦」を発行、後に「やまびこ」と改める。県内俳句大会等に没頭。

昭和三十年（一九五五）　三十二歳

「やまびこ」活版印刷となる。やまびこ五周年大会を田中午次郎を迎えて四万温泉に開く。「上毛新聞」に「現代俳句を裸になし得たか」を執筆。「俳句研究」に俳句十句。

昭和三十一年（一九五六）　三十三歳

第一句集『傾斜』上梓。「やまびこ」六周年記念

北関東俳句大会開催。田中午次郎、渡辺七三郎来会。第三回鳴賞受賞。

昭和三十二年（一九五七）　三十四歳

「俳句研究」五月号グラビア写真に「やまびこ」紹介。石川桂郎と川原湯へ。瀧けん輔、武石佐海と伊香保で会う。国鉄機労文化座談会にて石原八束・赤城さかえ・田中午次郎と語る。須田優子没。「朝霧」に作品寄稿。

昭和三十三年（一九五八）　三十五歳

合同句集『冬木群』上梓。高梨花人と川原湯へ。須田優子遺句集『白炎』へ跋。

昭和三十四年（一九五九）　三十六歳

榎本冬一郎と川原湯へ。第二回「機関車文芸」年度賞受賞。『現代俳句全集』へ結社作品鑑賞執筆。「俳句研究」俳句十句。『俳句年鑑』へ群馬俳壇動向執筆。動力車新聞へ俳句。「朝霧」へ俳句。「きさらぎ」へ文章。大日向年間句集『歩行』序文。

昭和三十五年（一九六〇）　三十七歳

ぬかご四十周年大会練馬円明院へ、篠田悌二郎・見学玄と会う。「稲妻」七周年大会目白うづら荘。

昭和三十六年（一九六一）　三十八歳

『俳句年鑑』作品展望に紹介。「ぬかるみ」二百号記念大会で秋元不死男に会う。「群蜂」基幹同人となり、北陸大会に招ばれ群蜂一家と交る。ぬかご林間学校講師として伊香保へ、山瀬鑑水と会う。柴田白葉女著『岬の日』管見執筆。現代俳句協会会員当選。「俳句研究」へ作品八句。「ぬかご」十一月号へぬかご評執筆。

昭和三十七年（一九六二）　三十九歳

「秋」一月号へ随筆。「稲妻」一月号へ作品。「やまびこ」へ「火と鉄」連載始める。「やまびこ」新年大会へ石原八束・原子公平来会。「石人」七周年出席。同記念号へ作品。動労高一支部書記長（専従）となる。

昭和三十八年（一九六三）　四十歳

新年大会に川崎三郎・中嶋秀子・赤石憲彦来会。長男勝行結婚。発行所高崎へ移転。松田菊窓『女雲』跋文執筆。『女雲』出版記念会、石原八束・原子公平・猿山木魂来会。「俳句研究」三月号作品十句。「俳句」五月号「続現代俳句百人」へ一句。『現代俳人作品集』へ十五句。「上毛新聞」へ「鬼城の亡霊を追放せよ」執筆。群馬県文学賞設置、審査員となり現在まで続く。

昭和三十九年（一九六四）　四十一歳

藤岡市春季俳句大会講師。『吾亦紅』出版記念会、原子公平・田中午次郎・柴田白葉女・文挾夫佐恵来会。山形方面遊吟。浜名湖畔を平野摩周子君と遊吟。『吾亦紅』へ序文。金盛草鞍子著『年輪』へ解説。「上毛新聞」へ「女流俳人須田優子」を連載。前田新峯没。動労高崎地本教宣部長（専従）。

昭和四十年（一九六五）　四十二歳

病妻逝く。野木閑生『光年』読後評執筆。「水明」全国大会選者。伊香保。「やまびこ」十五周年大会、原子公平来会。

昭和四十一年（一九六六）　四十三歳

新年大会へ石原八束・金子兜太・原子公平来会。亡妻一周忌句会に田中午次郎来会。渡辺七三郎著『鵜の道』書評。原水禁大会のため広島・長崎へ。青森・秋田遊吟。前田笑と再婚。

昭和四十二年（一九六七）　四十四歳

四国方面遊吟。浜名湖畔夏季錬成会。松本夜詩夫『標旗』出版記念会。県盲人俳句大会選者講演。村野四郎著『秀句鑑賞十二月』に作品採録。

昭和四十三年（一九六八）　四十五歳

「かびれ」全国大会、「ぬかるみ」大会、「系」夏季大会、草鞍子句碑建立大会等々の選者講評。「秋」誌へ俳壇展望、「ぬかるみ」へ『標旗』管見、「上毛新聞」へ「新人群像」、「俳句女園」へ「高沢捷子素描」、等執筆。「俳句研究」へ作品八句。志摩芳次郎と草津の村越化石を訪問。塩原温泉に石原八束と同宿懇親。長女美智子結婚。

昭和四十四年（一九六九）　四十六歳

南雲信也句碑、峰村香山子句碑、除幕祝辞。『香山子百句集』序文。菊池たけ緒『老鶯』序文。第二句集『半弧』、秋叢書として上梓。八束句集『操守』松沢昭句集『神立』佐藤豹一郎句集『奔流』読後評執筆。

昭和四十五年（一九七〇）　四十七歳

『半弧』出版記念「やまびこ」二十周年大会伊香保ホテル・天坊、石原八束・榎本冬一郎・志摩芳次郎来会。「秋」十周年全国大会赤坂プリンスホテル。「海霧灯」二十周年大会、秋元不死男、桂信子と会う。黒部ダム遊吟。田村杉雨句碑建立大会講演。

昭和四十六年（一九七一）　四十八歳

佐々木梢女『母子草』出版記念会。「地層」五十号大会。渋川さつき句会十五年大会で講評。「東虹」へ作品九句。「秋」へ「霧の黒部峡」二十句。『群馬県文学読本』へ「鳴雪と波郷」執筆。菊池たけ緒『晩菊』へ序文。二男文夫結婚。

昭和四十七年（一九七二）　四十九歳

畏友佐藤豹一郎逝去、葬儀会葬に友部町へ。北川辺近県俳句大会講演。動力車労組文芸連盟全国大会で講演、伊豆へ。須賀川の牡丹。鎌倉明月院の紫陽花。下久保ダム。瓢湖の白鳥。四万温泉。越前・北陸・金沢・能登へ。「俳句」へ作品十五句。「短詩型ジャーナル」へ七句。石原八束著『高野谿』読後感執筆。

昭和四十八年（一九七三）　五十歳

瓢湖の白鳥を再び。北川辺新年大会講師。長谷川秋子句碑除幕式へ。木曾路吟行。霧積吟行。秩父札所吟行。「毎日新聞」へ「やまびこを語る」を。「読売新聞」よりインタビュー。「群馬百景」へ小文。『現代俳句鑑賞辞典』（明治書院刊）作品二句。「俳句新聞」五句。『現代俳人写真名鑑』へ写真と作品。「四季」十周年へ五句。柴田白葉女著『冬泉』管見。

昭和四十九年（一九七四）　五十一歳

越生梅林。小川和紙の里。秩父札所。暮坂峠から草津志賀ルートを経て信州吟行。田中香果句碑まつり句会。楠部南崖傘寿祝賀句会。福島県鷲倉温泉へ夏季錬成句会。郷土誌「かなえ」創刊号へ作品十五句。県文学賞十周年記念号へ小文。『現代俳句年鑑』へ和地喜八の近業執筆。「ぬかるみ」三百号へ祝文。「上毛新聞」へ同人誌の近況執筆。

昭和五十年（一九七五）　五十二歳

鎌倉吟行。「やまびこ」二十五周年大会。石原八束・秋谷豊講演。記念号発刊。秋谷豊の「地球」二十五周年記念パーティ。藤岡老人俳句大会講演。石原八束句碑除幕祝賀会祝辞。富岡市民俳句大会講演。「私の俳句アルバム」へ写真と作品。「俳句美学」へ作品十句、「機関車文学」二十周年記念号へ作品十句。「鬼怒」へ「私の戦後」を執筆。「朝日新聞」へ「俳壇への新風は戦後」を執筆。

昭和五十一年（一九七六）　五十三歳

田中午次郎追悼「鴫」百号記念大会出席。武州竹

寺吟行。羽黒山吟行。飯島草炎句集出版記念会祝辞。一茶の里吟行。旭川遊吟。群俳協秋季大会講演。高崎市民文芸審査員委嘱、今日まで続く。中沢はつ枝遺句集へ序文。「地層」百号記念号へ祝文。「鴫」へ作品十二句、「鴫俳句に触れて」を執筆。「俳句研究」へ作品十句。「上毛新聞」へ『日月抄』の書評執筆。

昭和五十二年（一九七七）　五十四歳

和知喜八『同齢』出版記念会。京都旅吟。渋川さつき俳句会二十周年記念大会祝辞。谷川吟行。九州一周旅吟。福島支部訪問。矢切の渡し吟行。大磯鴫立庵吟行。越生梅林吟行。尾瀬吟行。佐渡吟行。サンケイ群馬俳壇群馬版選者となり今日まで続く。養父没。

昭和五十三年（一九七八）　五十五歳

三十四年間勤務した国鉄を退職。奥の細道を訪ねて五泊六日の旅。信州秋山郷旅吟。摩周子君の案内で伊良湖岬吟遊。伊賀上野と室生寺旅吟。月刊「上州路」俳壇選者となる。「俳句とエッセイ」へ作品二十句。「俳句」へ作品十五句。俳誌「旗」へ作品二十句。「現代俳句」へ五句。「頂点」二十年記念号へ小文。「秋」へ小文。「鴫」・「やまびこ」合同吟行大会川越喜多院。

昭和五十四年（一九七九）　五十六歳

高野山旅吟。高尾山吟行。深大寺波郷墓参吟行。須賀川牡丹吟行。世良田長楽寺曝涼吟行、角川照子と会う。「機関車文芸」二十周年記念号へ作品十句。「俳句」へ作品十一句。

昭和五十五年（一九八〇）　五十七歳

「やまびこ」三十周年大会志摩芳次郎・伊藤白潮・中江月鈴子来会。夏季錬成会那須黒羽吟行。峰村香山子著『ふもと』序文。岡田光枝遺句集序文。「毎日新聞」へ著者紹介記事載る。第三句集『独語』上梓。「俳句研究」へ作品十句。「俳句」へ作品十二句。「秋」記念号へ作品百句。

昭和五十六年（一九八一）　五十八歳

国鉄動力車労組文学賞審査員委嘱さる、以後今日まで。黒滝山不動寺吟行。信州海野宿吟行。修那羅峠吟行。福島県大滝宿吟行。野火止平林寺吟行。奥只見のかたくり吟行。上野村のおひながゆ吟行。「俳句とエッセイ」へ「群馬の県木県花」執筆。「現代俳句」へ作品七句。『上毛俳句選集』刊行委員長。「俳句」へ芭蕉特集のアンケート。「鴫」連衆と木曾路吟行。「俳句日暦」に啄木忌採録。

昭和五十七年（一九八二）　五十九歳

「俳句女園」二百号記念会祝辞。畏友渡辺七三郎葬儀弔辞。甲州山高神代桜吟行。高遠のさくら吟行。箱島湧水吟行。玉淀京亭鮎飯吟行。現代俳句協会三十五周年椿山荘にて功労者顕賞。伊勢崎市民俳句大会講演。中央公民館高齢者学級講演。「上毛新聞」元日号へ作品と小文。「秋」へ『天上希求』の秀句執筆。

昭和五十八年（一九八三）　六十歳

佐渡三泊吟行。角川新年会。県文学賞審査員として教育長表彰。川原湯吟行。妙義山さくら祭俳句大会選者。穂高大王山葵園と安曇野吟行。摩周子君と浜名湖遊吟。利根沼田支部結成大会。法師温泉秋季錬成会。柴田白葉女著『月の笛』出版祝賀会祝辞。あさを社十周年パーティ感謝状受ける。鎌原観音吟行。富岡市民俳句大会講演。金子星零子『霧生』跋文。菊池たけ緒『蜻蛉』序文。「現代俳句」へ「河野多希女の艶」。小出秋光著『忘れ鍬』の書評執筆。「俳句」へ田中鬼骨句集評。「俳句」へ「本年度の収穫と邂逅」を執筆。「俳句」へ『月の笛』書評執筆。

昭和五十九年（一九八四）　六十一歳

福島支部新年句会。妙義山桜まつり全国大会選者。群馬県文化事業団創作の旅講師修那羅峠へ。上野村おひながゆ吟行。横山白虹を偲ぶ会。「河」三百号記念会。「四季」二十周年祝賀会。動労機関誌千五百号記念会。夏季錬成会弥彦吟行。柴田白葉女女園葬焼香。「俳句とエッセイ」へ作品十二句。「四季」記念号へ「わが先達とその一と言」執筆。菊池たけ緒『余香』へ序文。平野摩周子著『湖の笛』序文。第九回教育委員会教育大会に於て社会教育功労者表彰。「俳句とエッセイ」へ三月の季題執筆。角川「俳句」四月号雑詠選者。中沢照子没。

昭和六十年（一九八五）　六十二歳

現俳協幹事選挙にて当選。角川新年会。文化事業団創作の旅講師として那須黒羽へ。第三回妙義山桜まつり全国大会。「ぬかるみ」つつじまつり俳句大会講師。利根吟行大会。秋田角館と渋民村旅吟。「秋」へ「一句の背景」を執筆。第二十二回

現俳協全国俳句大会選者。奥三河鳳来寺山吟行。藤岡市福祉会館にて講演。福島支部奥岳錬成会講師。富岡市民俳句大会講演。群馬県視覚障害者俳句大会講演。高崎鬼城忌俳句大会選者。前橋東照宮観月句会選者。群馬県親睦俳句会選者。「海霧灯」三十周年大会選者。「俳句」十二月号へ作品十五句。井上黙笑著『風雪六十年』序文。青柳窓月著『秋扇』序文。中沢照子遺句集『白山茶花』へ序文。「好日」四百号へ祝文。

昭和六十一年（一九八六）　六十三歳

「やまびこ」四百号記念俳句大会祝賀会開催、伊藤白潮・中江月鈴子来会。四百号記念号発刊。第四句集『刺客』上梓。吉岡好江邸に未灰句碑建立。水上観光ホテルに未灰句碑建立。「俳句」十月号へ作品十五句。「河」四月号へ『猿田彦』管見六枚。「鳴」六月号へ『次面』管見六枚。「秋」へ一句鑑賞執筆。

昭和六十二年（一九八七）　六十四歳

「俳壇」四月号特集「私の推す春の秀句」執筆。「河」四月号へ角川照子『花行脚』鑑賞六枚。「上毛新聞」に『松本夜詩夫作品集』書評。「俳句研究」十二月号へ作品九句。「俳句とエッセイ」十一月号へ書評執筆。

昭和六十三年（一九八八）　六十五歳

「俳壇」三月号へ作品十五句。「あざみ」二月号へ『化粧坂』書評。「鳴」二月号へエッセイ六枚、作品十八句。「現代俳句」五月号作品十五句。吉岡好江句集『橘の里』へ序文。県民生涯学習講座文化活動講師委嘱さる。前橋西武デパートカルチャー講師。群馬テレビ「ふれ愛ワイド」出演。

平成元年（一九八九）　六十六歳

「俳壇」三月号「主宰の一週間」執筆。「俳壇年鑑」へ作品評執筆。県生涯学習センター実習講師。角川版『ふるさと歳時記（関東）』季語解説。「俳句未来」六月号へ作品十五句。「俳句研究」七月号へ自句自解執筆。伊勢崎市イセヤデパート俳句教室講師五月より。根岸苔雨句集『山祇の笛』序文。荒牧澄子句集『早苗饗』序文。ＮＨＫ文化センター前橋教室俳句講師、今日まで。

平成二年（一九九〇）　六十七歳

「現代俳句」五月号へエッセイと作品五句。「俳句」五月号（俳句上達シリーズ⑶）切字のこと執筆。「やまびこ」四百五十号祝賀会。同記念俳書展をターミナル市民ギャラリにて。群馬県俳句作家協会会長に選任。「俳句」十一月号へ作品十八句と写真と小文。「俳句研究」十一月号へ思い出の写真と小文。「俳句とエッセイ」九月号へ書評執筆。

平成三年（一九九一）　六十八歳

「俳句未来」二月号作品十五句。群俳協刊『かなづかいハンドブック』序文。第十三回風雷文学賞受賞。『上毛俳句選集』序文執筆。『群馬女流写真作品集』序文執筆。後閑ハツ句集『まほろば』序文執筆。群馬地区現代俳句協会会長選任。「俳句とエッセイ」作品十二句。「現代俳句」エッセイ寄稿。

平成四年（一九九二）　六十九歳

「上毛新聞」へ書評執筆。「俳壇」四月号自句自解。「俳句」四月号「結社の時代」主宰近影。「俳句文学館」へ「創刊号物語り」執筆。岡田安子句集『歳月』序文。NHK学園主催伊香保大会選者選評。愛知県吉良公菩提寺鬼城句碑除幕式祝辞。

平成五年（一九九三）　七十歳

「あざみ」三月号鈴木蚊都夫句集『一昔』読後評。「俳句研究」三月号「冬の妙義」十五句。三月、県民会館にて講演。「俳壇」五月号へ「自選力について」執筆。「俳句四季」九月号作品五句。NHKBS大会草津温泉（四月）出演。志賀敏彦句集『麻痺羅漢』序文。佐藤みつ江句集へ序文。吉田笑句集『微笑』序文。須田水穂句集『千羽鶴』序文。

平成六年（一九九四）　七十一歳

「桐」二百号記念号へ作品七句。群馬県民二百万人達成俳句コンクール選者。渋川市制四十年俳句コンクール選者。尾島町俳句教室講師（八回）。伊香保町長峰公園句碑建立除幕。群馬県俳句作家協会会長辞任、顧問となる。「やまびこ」創刊五百号記念号発刊。同祝賀会並びに俳書展（ターミナルホテル内ターミナルギャラリ）。未灰第五句集『繹如』発刊。群馬町ましお庭に未灰・湖・師弟句碑建立除幕、祝賀会。

平成七年（一九九五）　七十二歳

「風雷」秋季号へ作品十句。「俳句四季」へ作品八句。「俳句四季」四月号「今月のハイライト」に

「吉田未灰とやまびこ」掲載。「俳句」四月号「シリーズ今日の俳人」近作十八句。「未灰小論」を摩周子執筆。越前三国東尋坊に石原八束句碑建立除幕、矢島まさると同行。「和賀江」五月号に「志摩さんのこと」執筆。「現代俳句」七月号へ「瀧行者」十句。尾島普門寺に未灰句碑建立除幕祝賀会。ましお湖句集『冬虹』に序文。佐渡一灯俳句大会講師に招かる。

平成八年（一九九六）　七十三歳

NHKBS放送出演のため金沢市へ。石原八束と出演。「俳句研究」四月号「さくら特集」に十句選と小文。平成八年度群馬県総合表彰文化部門知事表彰受ける。祝賀会を催す。句集『未灰唱百句』上梓。板倉・北川辺支部主催の渡良瀬遊水地吟行。黒羽芭蕉の里大会参加者吟行会実施。

平成九年（一九九七）　七十四歳

「俳句朝日」三月号「名句に学ぶ」八束句を抄き小文。「俳句αあるふぁ」四・五月号「日本列島吟行スポット50選」に、利根村・吹割の滝を執筆。小笠原伊勢男遺句集『羅漢』の序文。現代俳句協会創立五十周年席上にて永年功労賞を受く。吉野香風子句集『利根村』の序文。岩手花巻吟行。

平成十年（一九九八）　七十五歳

清塚ヒサ句集『来し方』序文。「俳句朝日」一月号に小澤克己句集『オリオン』書評執筆。瓢湖白鳥吟行（一月）。利根川場村春駒まつり吟行（二月）。「やまびこ」創刊五百五十号記念号224頁発刊。七月十六日、石原八束先生逝去。「やまびこ」巻頭言を収録した『火と鉄』を上梓。「俳句界」九月号作品八句と小文。「現代俳句」十月号「八束俳句の深淵」十一枚寄稿。

平成十一年（一九九九）　七十六歳

「俳壇」一月号「競詠・全国初春風景」に作品七句と小文。「あざみ」五月号へ「私と五月」と題して小文寄稿。「俳句四季」六月号巻頭作品三句。「俳句」六月号「四季の旅人」へ作品八句と写真を寄稿。「やまびこ」秋季錬成会を四万温泉で。

平成十二年（二〇〇〇）　七十七歳

未灰第六句集『無何有』刊行。「俳壇」一月号より十月号まで「五七五の軌跡」と題して連載。「俳句文芸」二月号へ作品十句寄稿。「俳句」三月号「円熟の七十歳代特集」に作品八句と小文。

「俳句四季」四月号「今月のハイライト」へ作品十二句と写真。中之条町離山句碑公園に未灰句碑建立除幕祝賀会。「やまびこ」九月号を五七五号記念号として発刊と祝賀会。「俳句四季」十月号「現代俳人の肖像・吉田未灰」松尾正光執筆。十一月、群馬県文化功労者表彰を受賞。群馬テレビ放映。

平成十三年（二〇〇一）　七十八歳

新潟地区現代俳句協会俳句フェスティバルで講演吟行する。四月二十一・二十二日、「秋」四十周年記念錬成会で淡路・鳴門へ吟行。「俳句四季」六月号「思い出の旅」寄稿。五月二十二日、吉岡町威徳山長松寺境内の矢落観音に第十一基に当る未灰句碑建立除幕祝賀会。定方英作句集『風路』序文。「秋」四十周年記念祝賀会、上野精養軒にて盛会。十一月、第三十回高崎市文化賞受賞。

平成十四年（二〇〇二）　七十九歳

二玄社刊『筆墨俳句歳時記』に染筆。「やまびこ」創刊六百号記念号（十月）刊。記念俳書展。各支部吟行会。菊田寿句集『生きる力』序文。野島美津子句文集『わが胸に』序文。

平成十五年（二〇〇三）　八十歳

一月二十六日、第三十一回高橋元吉文化賞受賞。六百号記念の積み残し行事として四月三日より一週間ＮＴＴホールで俳書展を開催。五月二十一日、未灰傘寿祝賀会、メトロポリタン高崎。第七句集『恬淡』発刊。「俳壇」七月号「二十周年特集・私がこだわる季語百人にきく」に小文。「俳句四季」十月号に句集『恬淡』特集。前橋文学館友の会主催連続講座講師委託。矢島まさる句集『車掌の詩』序文。

平成十六年（二〇〇四）　八十一歳

毛呂丈句集『世良田』序文。佐藤みつ江句集『はなの』序文。斉藤東風人句集『守拙』序文。横山才一句集『柳絮』序文。七月三日、石原八束先生七回忌、学士会館。「ウェップ」二十二号作品七句。「俳句研究」十一月号作品十二句。田崎愛句集『珊瑚』序文。

平成十七年（二〇〇五）　八十二歳

石井紅楓句集『妻の座』序文。三月五日、第十三回ときめき俳句大会講演。「和賀江」一月号に「和賀江の秀韻に触れて」一文を寄せる。「俳句界」三月号グラビアに主宰の写真掲載。塚越秋琴句集『火の帯』序文。「俳句界」七月号へ「群馬俳壇の戦後」執筆。田中美代子句集『風の導き』序文。「俳壇」十一月号巻頭作品に十句寄稿。小林千代子句集『伊香保』序文。

平成十八年（二〇〇六）　八十三歳

未灰第八句集『淡如』発刊。高橋道子句集『上州ことば』へ序文。平野摩周子評論集『海辺の歳時記』前文。平成十八年度地域文化功労者として文部科学大臣表彰を受く、東京如水会館にて。茂木房子句集『モネの絵』へ序文。

平成十九年（二〇〇七）　八十四歳

三月、「やまびこ」創刊六百五十号記念号別冊発刊と、併せて文部科学大臣表彰の祝賀会をホテルメトロポリタンにて催す。さらに俳書展をＮＴＴホールで行う。「俳句四季」三月号「私の吟行地」掲載。「俳句新聞」三月号に作品十五句寄稿。「俳句四季」八月号「句碑物語」に未灰句碑掲載。現代俳句協会創設六十周年記念祝賀席上に於て在籍四十六年記念品を贈らる。

平成二十年（二〇〇八）　八十五歳

岸彩句集『円心』へ序文。群馬支部祝賀会。三月、北川辺支部芦焼吟行に参加。四月十四日、県立桜山公園に未灰句碑建立除幕祝賀会。「俳句四季」四月号「今月の華」に写真と文章掲載。この年は他に螢吟行。木下闇吟行。茅の輪吟行。木枯吟行等々。十二月、桜山植樹百年祭と長谷川零余子没後八十年記念俳句大会出席。

あとがき

このたび本阿弥書店より勧めを受け、更には、小誌「やまびこ」創刊五十九年、並びに齢八十六歳を記念して、未灰全句集を発刊することになった。第一句集『傾斜』から、『半弧』『独語』『刺客』『繹如』『無何有』『恬淡』『淡如』の八句集を収めた。―が、残念なのは、第九句集『上毛野』を省いたことである。この句集を入れなかったのは、突然、思いついての発刊であることと、全句集の発刊をスムースに運ぶための苦肉の策でもあった。「日常些事にポエジーを、生活の中に歌声を」を身上にし、人間存在の俳句を希求して六十余年を経た結果が、この全集である。有名より無名に徹すると云う信念を貫いて来たことに悔はない。この全集一巻の中には、吉田未灰と云う男の人生が、まぎれもなく克明に俳句によって表白されていることを確認出来ればいいのである。自からの恥部を曝すことをご理解いただければ望外である。

やまびこ草舎・吉田未灰

平成の100人叢書④

吉田《よしだ》未灰《みかい》全句集《ぜんくしゅう》

平成二十一年八月一日　初版発行

著　者　吉田未灰

発行者　本阿弥秀雄

発行所　本阿弥《ほんあみ》書店

東京都千代田区猿楽町二―一―八

三恵ビル　〒一〇一―〇〇六四

電話　〇三(三二九四)七〇六八

印刷・製本　日本ハイコム

定　価　本体八〇〇〇円（税別）

ISBN978-4-7768-0579-3 C0092 (2326)